王安憶作品集①

米尼

王安憶・著

目次

導讀

歡迎來到上海

——閱讀王安憶

郝譽翔

一

上海是上帝賜給中國的禮物。但這上帝卻是個金髮碧眼的洋人。

從一個荒涼的小漁村，到今日的東方明珠，百年來上海其實從未脫離「租界」的命運，昔日是法租界、英租界、美租界、日租界所割據，四分五裂，而如今的浦東與「新天地」，又何異於台商和港商的租界，上海的榮耀，竟是這般不可避免的宿命，都要歸諸外來的人。

上海於是成了中國的一個缺口，一個被西方資本主義所統治的紙醉金迷的「異域」，現代化的表徵，卻教所有的中國人愛恨交織。正如李歐梵在《上海摩登》所言，英文MODERN是在上海有了它的第一個譯音——「摩登」，這個詞彙代表的是「新奇與時髦」，它是對進步西方的想像與著迷，卻又同時暗藏著對敗德危機的迷惘與恐懼。反過來看，在英語中「上海」竟成了一個貶義動詞，意謂著「被鴉片變得麻木不仁，隨後賣給需要人手的海船」。可憐的上海，既驕傲又卑微，既時髦又落後，既繁華又墮落，既渴望但又害怕現代化，夾雜在矛盾的兩端，成了中國與西方世界之間一個焦慮的過渡，彷彿蹺蹺板中央不斷來回搖晃、尋求平衡的支點。

早在三〇年代海派文學的老前輩穆時英，在他那篇著名的小說〈上海的狐步舞〉開頭，便彷彿是咒罵又像是謳歌地詠嘆著：「上海，造在地獄上面的天堂！」而茅盾《子夜》的開頭，勾勒出來的黃浦灘頭景象，更與今日居然一模一樣：「從橋下向東望，可以看見浦東的洋棧像巨大的怪獸，蹲在瞑色中，閃著千百隻小眼睛似的燈火向西望。叫人猛一驚的，是高高裝在一所洋房頂上而且異常龐大的NEON電管廣告，射出火一樣的赤光和青磷似的綠焰：LIGHT，HEAT，POWER！」

茅盾何其準確地預言了上海現今的處境，或者應該說，原來近百年來，上海一點也沒有改變過！跋扈乖張的浦東建築，彷彿來自外星球的怪獸，翩翩降臨在這塊土地上，瞪大了如炬的眼睛，令人讚嘆，更令人不安，LIGHT，HEAT，POWER！惡狠狠射向隔岸密密麻麻的升斗小民。

殊不知，這些隱匿在霓虹燈下的小民們，才是眞正道地的上海人。

王安憶《長恨歌》耗費數十萬字，寫的不是上海五光十色的霓虹，反倒是以工筆細細刻鏤出黝深曲折的弄堂，連結成大片大片的暗，而「那暗是像深淵一樣，扔一座山下去，也悄無聲息地沉了底。那暗裡還像是藏著許多礁石，一不小心就會翻了船的。上海的幾點幾線的光，全是叫那暗托住的，一托便是幾十年，這東方巴黎的璀璨，是以那暗作底鋪陳開，一鋪便是幾十年。如今什麼都好像舊了似的，一點一點露出了眞跡。」就在這片波濤洶湧、深淵也似的黑暗之中，流動著人類原始的欲望，鄙陋的流言，彷彿是白蟻侵蝕華廈大屋，古老的中國，沉澱在摩天高樓的腳底下。因此上海的新，竟是要以舊來打底，王安憶對此作了很好的比喻：「在新樓林立之間，這些老弄堂好像一艘沉船，海水退去，露出殘骸。」

所以上海果然「摩登」嗎？

二

余秋雨曾以〈上海人〉一文歷述上海文明的特異姿態，他爲這座城市寫下了如是的注腳：「總之，它是一個巨大的悖論，當你注視它的惡濁，它會騰起耀眼的光亮，當你膜拜它的偉力，它會轉過身去讓你看一看瘡痍斑斑的後牆。」

因此揭開上海「摩登」的表象，我們可能會詫異其中所隱藏的，卻是最最頑固的舊中國。若回顧二十世紀現代文學發展的歷程，其實便不難發現，海派一支貌似新潮多變，但本質卻是根深柢固的守舊，除了三〇年代新感覺派曇花一現的現代主義形式實驗之外，正宗的海派仍然是以鴛鴦蝴蝶、淒清纏綿者居多，從《海上花》、張資平到張愛玲，一脈相承，他們以幽豔感傷的姿態現身，娓娓道出市井生活瑣屑人事，街談巷議俗語流言，哀婉細膩的詞藻，彷佛是在胡琴聲咿啞的伴隨之下，迴盪穿梭於古老的飛簷雕梁。不過，彼時鬥志日益昂揚的新中國，畢竟是容不下這批海上的癡男怨女了。等到四〇年代中期以降，革命赤旗高舉，城市成了資本主義墮落的象徵，而海派文學也只得收束起一身過時的風華，歡愛嗔怨，宛如好夢一場，在解放大業的破舊立新之下，終於宣告煙消雲散。

世道循環，如今半個世紀悠悠過去了，素來被貶爲言情小道的海派，竟然又搖身一變，再度登場，招引眾人競相稱頌，不僅是在世紀之交鹹魚翻身，更儼然被視爲是現代文學中淹沒的瑰寶，甚至被奉爲是一群新中國的預言先知：在革命洪流席捲而至的時刻，海派文學卻始終置身事外，袖手旁觀，彷彿是早已先一步預見到感時憂國的話語勢必淪爲空洞的口號，知識分子的凜然正義，也到底逃不過大環境的摧殘，而在這樣充滿不確定性的惶惶年代裡，侈言理想，無異是一場空談。這二十世紀的中國，果然還眞應驗了張愛玲在《傳奇》序言所說的：「時代是倉促的，已經在破壞中，還有更大的破壞要來。」而在「將來的荒原下，斷瓦頹垣裡，只有蹦蹦戲花旦這樣的女人，她能夠夷然地活下去，在任何時代，任何社會裡，到處是她的家。」

如此一來，海派的瑣碎與庸俗，對於日常生活細節的迷戀與執著，以及耽溺於男女之間的小情小愛，罔顧國族命運歷史重負等等，也彷彿都有了深刻的意義：那是一種終極的反叛，直指中國的革命理想必將剝落，也是對知識分子所患的集體盲從幼稚病，發出嚶嚶的嘲笑聲，更是在諷刺中國面臨現代化時那股欲迎還拒的矯揉造作，到頭來，還不是都得乖乖降服在資本家的腳底板。上海繞了一大圈，終於在世紀末又重新走回了那條世紀初的老路，證明海派作家果然所言不虛，一切都在他們的冷眼預料之中。

故海派文學所揭示的，正是這個城市最特殊的隱密身世，它彷彿是獨立於整個中國之外，面向海洋，在轉瞬間就要輕飄飄地離地而去。就當全中國的知識分子都在苦思這塊土地的過去，以便擘畫未來時，唯獨上海脫離了這條前進的軌跡，它自我閉鎖成一個時空。在這個時空中只有當下，沒有過去，遑論未來，而一切的物質文明也不過是快速流逝的表象，浮光掠影，立即消費，任憑這個世界如何急急追趕「摩登」，但繁華一捏即碎，在地老天荒之後，總還是露出生活中一成不變的本質來。

這不免令我們想起了張愛玲〈封鎖〉所形容的：「整個的上海打了個盹，做了個不近情理的夢。」中國上下都在轟轟烈烈鬧著革命，奮勇前進，上海卻是封閉於自我完足的狀態，關起大門來暫時睡去了，管他屋外是春夏還是秋冬，只等半個世紀過去，革命稍稍平息，它才又甦醒過來，伸了個懶腰，沒事人一般，繼續過那精采熱鬧的日子。張愛玲筆下的上海人，無非都是此種「酒精缸裡泡著的孩屍」，從民國紀元以後就再也沒有長過歲數，他們自有自己的時間刻度。而《傳奇》後記〈中國的日夜〉所描寫的道士，更可以清楚代表張愛玲心目中的上海時空：「這道士現在帶著他們一錢不值的過剩的時間，來到這高速度的大城市裡。周圍許多繽紛的廣告牌、店鋪、汽車喇叭嘟嘟響；他是古時候傳奇故事裡那個做黃粱夢的人，不過他單只睡了一覺起來了，並沒有做那麼個夢——更有一種惘然。」

三

這或許正是上海的性格，不論家國使命，只問個人利益，不論天長地久，只問如何抓緊時機，而時代在倉卒流轉，轉眼間稍縱即逝，這種與左翼文學大相逕庭的時間觀，在革命的幾十年中銷聲匿跡，如今卻還魂再生。我們終於又在王安憶的小說中，讀到了上海這座城市淋漓透徹的活力。

明白海派是怎麼一回事後，才恍然大悟，王安憶的寫作血緣到底來自何處。她同樣對於市井小民有著濃厚的興趣，但這群小民可不是革命先鋒工農兵，更不是懷抱強烈使命感的知識分子，他們是一群關在客廳和臥室裡的布爾喬亞，過著慵懶、閒適、昏沉沉的生活。他們可以說是落伍的，和時代脫了節，但卻又是完全能夠自給自足的，不仰仗時代，反倒才能靜靜地、完好地穿越了時代的關隘。因此在王安憶的小說中，我們找不到時代背景，即便有，譬如《米尼》的文革，如此一樁驚天動地、可歌可泣的歷史大事，王安憶也只以三言兩語輕描淡寫帶過，因爲她對於自己筆下人物有著這樣冷峻的評語：「他們是工於心計而又麻木不仁的小人物，太大的事情是在他們視力之外的。」

這便是王安憶從海派乃至於張愛玲處，所繼承下來的一貫寫作態度。張愛玲〈傾城之戀〉要以整個香港的陷落，成全白流蘇和范柳原的婚姻，而王安憶的《米尼》又何嘗不是要以一場把中國幾乎掀翻過去的慘烈文革，來成全米尼與阿康之間的戀情？因此王安憶刻意讓人物浮出，細膩描摹彼此的情愛糾葛，而時代背景則是要朦朧下去，只淡淡打了個底，有時甚至就連這層底色也都省去了，讀者所看到的僅僅是一張臉孔，或者一個人物的剪影，而從這個人物的體內似乎要生出一股意志來，支撐他繼續活動下去，去推展情節，去發現自己到底與這個世界存在著何等的聯繫。

《米尼》雖然是王安憶早期的作品，但卻頗能看出她寫作小說的基本信念。她要穿透時代變動的幻象，淘洗生活諸多不斷流逝的細節，然後瀝出其中恆常的法則來。從她備受爭議的成名作〈小城之戀〉、〈荒山之戀〉、〈錦繡谷之戀〉，到《米尼》，乃至近期佳評如潮的《長恨歌》，王安憶其實從來沒有改變過。《米尼》無疑是「三戀」的翻版，更是爲日後《長恨歌》預作準備。她同樣無意於這世界變動不羈的秩序，而用王安憶《小說家的13堂課》的話來說，就是要撕裂「人類本性的幻象」，「憑著死力氣」，一點都不設立一些操作方便的形式，諸如象徵、暗喻、概念等等，單純就讓人物一步步走下去，因爲缺乏自覺的卑微、軟弱和不由自主，而無可抗拒地走向了陷落、沉淪、腐朽，甚至於毀滅和死亡的道路。人性的必然墮落，以及大自然的輪迴法則，沒有任何個人可以與之抗衡或是逃躲，而他們只得鬆開雙手，任憑青春的眼睛黯淡下去，被吸收到硃紅灑金的輝煌的背景裡，完成了一齣又一齣個人的壯烈悲劇。

所以王安憶的上海，也畢竟還是陳舊，她不但捨棄上海的新貌，捨棄社會不斷前進的表象，捨棄國族歷史的發展，也捨棄了技巧和形式——這兩項現代小說發現的新法寶，而這一點，無疑是大大違背了大陸當代作家不斷實驗、求新求變的寫作方式。王安憶並不諱言，自己對於現代小說走向概念化的失望，並屢屢標舉如《復活》、《約翰・克利斯朵夫》等所謂古典主義的小說，來闡釋她個人的文學理念，仍然是根植於對人的巨大興味。她呼籲現代小說應該「要走出死胡同，勇敢地掉過頭去，建立小說的新出路。」但她所謂的「出路」，其實一點也不新，反倒更像是回過頭去走一條「舊路」。然而這條「舊路」，或許使得王安憶也像那些海派的老前輩般，正是以一種守舊頑固的姿態，方才更加清晰掌握到潛伏在生活中不變的底層，進而成為了超越時代的先知者。

當二十一世紀來臨，上海重新展露耀眼風華，勃勃迎接新的面貌時，三〇年代張愛玲的預言，不免又要惶惶爬上我們的心頭。誰知道下一次「更大的破壞」什麼時候到來呢？上海「摩登」的物欲狂歡，彷彿還是要走向毀滅，於是我們看見繁華大廈的假象剝落後，便是廢墟，老舊弄堂的幽暗有如傾倒的墨水，緩緩溢出，其中有人影綽約，那是王安憶最喜歡描寫的臉型，一張又一張重重疊疊浮升而起。他們的面容如此相似，卻又如此曖昧模糊，交織雜糅在一起，便是上海隱密的身世：歡迎來到上海。

第一部

很多日子以後，米尼有時會想：
如果不是這一天回家，而是早一天或者晚一天，
那將會怎麼樣呢？
這一天就好像是一道分水嶺，
將米尼的生活分成了兩半。

一

公曆一九七二年十二月的凌晨，米尼將生產隊分配的黃豆、花生和芝麻裝了兩個特大號旅行袋，一前一後搭在肩上，和她的同學們回上海了。她們要步行十二里路去五河縣碼頭乘船，到了蚌埠再搭火車，一夜之後就到家了。她們動身的時候，還是半夜，沒有月亮，也沒有風，可是一出門，臉和手腳就都麻木了。她們幾乎一夜沒有合眼，回家的興奮使她們忘了睡覺，在被窩裡嘰嘰噥噥地說話，當困倦襲來的時候，她們不由得緊張起來了，以為天要亮了。於是她們手忙腳亂地起床穿衣，寒冷使得她們打戰，牙齒格格地響著。然後，她們就出門了。

她們走下台子，上了村道，這時，有一條狗吠了。聽到狗吠，她們都笑了，有一個同學彎腰拾了一塊石子，朝狗吠的方向扔去，嘴裡說：「請吃一粒花生米。」「花生米」在上海話裡有雙關的意思，槍斃罪犯的子彈，被叫做「花生米」。因此，大家又都笑了。她們的腳步踩在凍硬的土路上，發出清脆的響聲，狗不吠了。

「什麼時候，我們再不要走這條倒楣的路了！」有一個同學說。沒有人回答她的問題，只有米尼回過身去，望了望身後她們走過的村道。後來，她時常回想這個情景。她記得她回過頭去的時候，明亮的三星忽然向西行走了數十米。由於她們是在向東行走，那三星就好像是劃過米尼的頭頂，在天空走了一個弧度，向後去了。這一瞬間，米尼無比清晰地感覺到地球是由一個巨大的弧形蒼穹籠罩。她覺得，以後發生的一切，在這時是有預兆的。

現在，米尼和她的同學們走過村東頭最後一口井，出了村莊，來到大路上。沉重的行李壓著她們有過鍛鍊的肩膀，使身上暖和起來，她們開始說笑話了。說笑話是米尼的本領，第一，肚子裡有無窮盡的笑話；第二，她可無窮盡地重複某一個笑話而新意輩出。甚至當她不說笑話而只是說一些平常的話的時候，依然有一種引人發笑的意味。由於插隊的日子本沒有什麼快樂可言，大家也無形中誇大了這種快樂的效果。於是，米尼便給這黯淡的生活帶來了樂天的精神。這時候，同學們說著蹩腳的笑話，等待米尼出場。可是她們很快失去了耐心，就開始去向米尼挑戰。她們譏諷米尼背旅行袋的方式像一個眞正的「阿鄉」，又攻擊米尼僅一米五八的身高竟還挺胸吸肚，好像要上台表演。米尼半閉眼睛半露微笑，好像什麼也沒聽見，於是她們詫異地想：米尼今天是怎麼回事啊！有人就去推米尼，米尼一驚，大夢初醒的樣子使得她們大笑起來，才覺得有了收穫。米尼說：我在睡覺呢！說罷又半合上眼睛，由她們笑去，心裡慢慢地想：這些人怎麼這樣喜歡笑呢？

她們腳下的大路的盡頭，有一些蒙蒙的曙色霧氣一般升騰起來。兩旁的白楊樹，在混沌的天色中漸漸顯現出來，先是粗大筆直的樹身，漸漸地，細緻的樹梢也清晰了。她們覺得自己變得很渺小，從白楊夾道之下走了過去。

很多日子以後，米尼有時會想：如果不是這一天回家，而是早一天或者晚一天，那將會怎麼樣呢？這一天就好像是一道分水嶺，將米尼的生活分成了兩半。當她走在正午的太陽底下，從熙熙攘攘的人群中穿行而過，她心裡有一種奇異的感覺。她好像看到有兩條生活的河流在並行，有時候甚至還交叉相流，但絕不混合，涇渭分明。她在她的那條河流裡，另一條河流就在她的身邊，而她過不去。她想起她的過去，那就像很久以前的往事了。那時候，她是屬於那另一條河流的，在某一天裡，她卻來到了這一條。她想，這一天裡，其實布滿了徵兆。

她們是差一點沒趕上船的。這一天，船從大柳巷開來，到五河的時間特別早，因爲沒有風。那是一個無風的冬日，船到碼頭時，甚至票房還沒開始賣票，人們擠在窗口，爭先恐後，她們落在了最後。當她們終於買到了船票，向碼頭跑去的時候，船已經鳴響了汽笛。有一個同學哭了，另一個同學的鞋踩掉了，米尼第一個衝上了跳板，喊著：等一等！汽笛連連地鳴叫，她們上了船後，船起錨了。沉重的鐵錨在河下噹噹地響著。她們在底艙找到座位，放下東西，想起方才的狼狽樣子，就都笑了。她們模仿米尼大叫「等一等」，好比一個衝鋒的女兵。米尼則要她們不要笑得太早，這才是萬里長征第一步，道路還很漫長，需將革命進行到底。船掉轉了身，向前駛去，太陽升起了，在河岸的樹林裡穿行。她們來到甲板上，吃著船上買來的旅行餅乾，水鳥在船尾飛舞。

直到現在，一切都還照舊。米尼和她的同學們吃完了旅行餅乾，又喝了水壺裡的冷開水，太陽漸漸高了，越過河岸的樹林，照射著她們的眼睛。她們瞇起眼睛躲著太陽，開始討論回家後第一件事要做什麼。一個同學說：洗澡。另一個同學便說：洗澡這樣的事還需要說嗎？自然是指洗澡後的第一件事。於是，有人說吃冰磚，有人說吃大排骨。問到米尼，米尼就說：睡覺。大家便笑，又忍著笑問道：睡醒了做什麼？大家都看著米尼的嘴，期待那裡出現一個奇蹟。米尼略一思索，答道：睡覺。這一回大家就笑得沒法收場了，一邊笑一邊想：米尼可太會講笑話了。米尼的笑話，是不能脫離具體的時間地點的，並且還具有一種連貫性和整體性。僅僅抽取一段，是無法表達的。所以，假如不是親臨其境，便很難領會米尼的有趣。米尼作爲一個朋友，尤其是在插隊這樣的日子裡，是再理想不過的了。

將近中午的時候，船到了臨淮關。臨淮關也通火車，假如不是在春節期間，而是在別的時候，她們也許會在臨淮關下船去搭車，臨淮關每日有一次快車，還有幾次慢車。可是，在節日的高峰時間裡，甚至有一些在這附近的人，也到蚌埠去乘車。船在臨淮關慢慢靠岸了，岸邊有一些女人在洗衣服，凍得通紅的手握著棒槌，嘭嘭嘭地捶著衣服。船下了錨，纜繩遠遠地拋了過去，被一個男人接住，繞在鐵樁上。船一點一點接近了碼頭，鐵鏈一開，人沓沓地上了跳板，從等候上船的隊伍前過去了。米尼和她的同學們趴在船舷，看著人們下船，然後上船。太陽曬得她們暖烘烘的，生了凍瘡的手背發出刺癢。她們互相用髮夾掏著耳朵，陽光照進耳朵，將茸毛照得金黃黃的。這時候，無論是米尼，還是她的同學們，都沒有注意到上船的是一些什麼人，船就離了碼頭。在船離開碼頭的那一刻裡，水鳥又擁上了船尾，浩蕩地追逐著船在河裡航行。後來，在米尼的回顧中，這一個場面變得非常壯觀，而且帶了一點險惡的意味。她記得，如同鷂鷹那樣的江鷗張開翅膀，遮暗了天日。

太陽曬得她們昏昏欲睡，有人提議到艙底去睡覺。她們就一起離開了船舷，從耀眼的太陽裡走下昏暗的底艙。她們眼前一片漆黑，竄著金星，她們手拉手找到了自己的座位，跌倒似地坐下，打起了瞌睡。米尼隱約聽見不遠處有人用上海話談天，還談得很熱鬧，她想：是哪個公社的知青啊？便墜入了夢鄉。夢裡有人輕輕地踢她的腳，請她把腳挪一挪，好讓他拿一樣東西。她挪開了腳，感覺到那人在她腳下摸索了很久，最後摸索出了一張梅花七。那人朝她舉著梅花七笑了一笑，露出兩排整齊結實的牙齒。她在夢中想道：原來他們在打牌。然後就醒了。

米尼睜開眼睛，看見她的同學們都醒著，坐在那裡，眼睛望著前面。越過兩排長椅，對面的舷窗下，有一夥男生在打撲克。她定睛看了一會兒，發現那供人們打牌的桌子其實是一個人的背，每當一盤牌局結束，推出了新的輸家，那「桌子」就一躍而起，輸家則乖乖地蹲下，弓起了背。這時的輸家有一張白皙消瘦的臉，他在彎腰之前用手理了理頭髮，很斯文的樣子。這時米尼聽見耳邊有哧哧的笑聲，轉臉一看，才見她的同學們都強忍著笑，交頭接耳道：這個白面孔最有勁了。她趕緊問，這個白面孔怎麼了？她們匆匆說一句：你自己看嘛！就又接著看下去，好像怕錯過了什麼好戲。

男生們早已注意到了女生，不免虛張聲勢，個個都想出語驚人，反倒弄巧成拙，顯得粗魯而油滑。女生們卻還一個勁兒地偷笑，笑時就把臉扭在一邊，表示毫不注意的樣子。

男生們看在眼裡，喜在心間，忽然，平地而起一片渾厚的歌聲，是一首頌歌，他們莊嚴地重複著其中的一句：「你在我們的心坎裡，我們的心坎裡。」女生們低頭罵著「流氓流氓」。有幾聲傳進了他們耳裡，他們就說：我們不是流氓，是牛虻。《牛虻》是這個年代裡流傳很廣的一本書。女生們用胳膊互相捅著，小聲告誡道：不要睬他們。然後又說：那個白面孔最壞了。

鬧了一陣，男生們偃旗息鼓，女生們便也笑得好些了，雙方都靜了靜，那白面孔就開始講故事。他講的是一個恐怖的復仇的故事，風雨交加的夜晚裡，一雙乾枯手在琴鍵上奏出激越的旋律，說到此處，一個女生尖叫一聲撲進另一個女生懷裡，將彼此雙方都嚇了一跳。這一回，連米尼都笑了。男女雙方造作的僵局就此打破，他們兩夥合一夥，開始了種種遊戲：打撲克，講故事，說笑話。在那時，說笑話是男生和女生都特別熱中的一項娛樂，會說笑話，則是一種令人羨慕的才能。當男生們推出白面孔來說笑話的時候，女生們便推出了米尼。

他們兩人打趣的本領是那樣高強，你一句，我一句，互不相讓，暗中卻又互相配合，使得歡樂的氣氛一浪高過一浪。他們兩人有一個共同的特點，就是上海人所說的那種「冷面滑稽」。表面不動聲色，甚至十分地嚴肅認眞和懇切，骨子裡卻調侃了一切。這其實包含了對世事冷靜的體察，需要相當深刻的世故，僅靠聰明還不夠，甚至於需要一點兒智慧。這些他倆都具備了，他們聯合起來，將目下的世事和他們自己的人生，抨擊得體無完膚，而他們使用的又是那樣簡潔而輕鬆的態度和措辭。他們的同學們只知道笑，其間的深意只有他們兩人明白。無形中，他倆結成了一個同盟，有時候，還會意地互相使著眼色。他們有些驚異地想到：僅僅是一小時之前，他們還不認識，彼此都是陌生人呢！而現在，他們又是多麼了解啊！他們漸漸有些將觀眾忘了，只顧著自己說話。而其他的男生和女生，也已在那歡樂的氣氛裡各自稔熟起來，談話開始分解成「一小撮」、「一小撮」的，這是白面孔的話。米尼現在知道了，白面孔叫阿康。阿康和他的同學們全是上海一所中等機械專科學校的畢業生，這一屆學生全分在了外地，阿康他們是在臨淮關的農機廠裡工作。米尼問他：「阿康，你們爲什麼不從臨淮關上車呢？」阿康說：「我們要在蚌埠玩一天。」「蚌埠有什麼好玩的！」米尼笑道。阿康說：「蚌埠是很好玩的。」後來的十幾年裡，前後加起來足有幾十次，米尼這樣問阿康：阿康，你們爲什麼不從臨淮關上車呢？阿康也同樣地回答了有前後幾十次。每一次問答都是同樣的句子，一字不多，一字不少，雖然場景不盡相同，心情也不盡相同。有時候，米尼覺得阿康不從臨淮關上車是一樁幸事；有時候，米尼覺得阿康不從臨淮關上車是一樁不幸的事。覺得幸和覺得不幸的時候是一樣多的。

米尼又問：「阿康，你們到蚌埠打算做什麼呢？」阿康說：「當然我們先是要吃一頓，吃過以後看電影，明天上午去公園划划船。」「那麼晚上睡在什麼地方呢？」阿康從米尼的話裡，聽出她想與他們合夥的意思，他先說：「我們在火車站睡一夜。」然後又加了一句：「住旅館也可以，不過是五毛錢的事情。」米尼也從阿康的話裡，聽出他鼓勵她參加的意思，就不再說什麼。這樣說著話，船就到了蚌埠。

到蚌埠的時候，是下午三點半，太陽照耀在西方的天空，工廠的煙囪慢慢地吐出黑色的煙霧。男生們幫助女生們提著東西，只有米尼，依然一前一後地背著她的旅行袋，甚至手裡還提著一個阿康的網線袋，就這樣走過跳板，上了岸。他們中間，沒有誰提出什麼建議，自然就走在了一起，向火車站走去。後來，阿康提議叫一輛三輪車，拉著他們的行李，大家就可以省力了。這只需要有一個人押車。大家就說：「當然是阿康你押車了，這不就是你眞正的目的嗎？」然後，就叫來了三輪車，堆上行李，阿康坐了上去，像檢閱似地微笑著揮手致意，走到大家前頭去了。女生們說：這個白面阿康實在有勁。男生們忽然沉默了一下。這沉默的片刻是米尼過後很久才注意到的。

阿康坐在三輪車上，走遠了，有時在路口遇到紅燈，就停著，待他們剛走近，綠燈卻亮了。這時，阿康就回過頭，微笑著向大家點頭。當他又一次遠去的時候，米尼忽然有些怨恨似地想：他應當下來同大家一起走的，她覺得他這樣做是掃興的。後來，他們在火車站會合了。正當阿康下了車，付了錢，去往車上搬第一件行李的時候，他們也趕到了，便七手八腳地去搬行李，阿康頓時被擠了出來，臉上流露出遺憾的表情。最終，連他自己的行李也是被別人搬下來的。這時候，米尼忽然對她的同學們說：我們明天走吧，同他們在蚌埠玩一天。開始，大家不說話，都有些愣然。米尼又說：「早一天，晚一天，總歸要回上海，不如在蚌埠玩一天。」同學們不由地想到，雖然在蚌埠換車換船地來回了多次，可是卻從來沒有想到在這裡玩一玩。蚌埠究竟有什麼玩頭？既不是杭州，也不是蘇州，它會有玩頭嗎？先有一個同學很衝動地說：好啊！接著卻又有一個同學說：不好。先說「好啊」的那一個便縮了回去。同學們說：還是回上海吧，早就盼望著回上海的這一天，爲什麼又要推遲一天呢？米尼卻說：那我一個人留下來。大家便說：米尼，你是吃錯藥了嗎？他們男生晚上可以睡火車站，你怎麼辦呢？米尼說：跟了這麼多男生，我才不怕呢！她忽然興奮起來，她想，她和這些女生在一起過日子，早已過膩了。女生們在一起，早早晚晚都是什麼毛線啊、衣服啊的瑣碎事情，哪有和男生們在一起有意思啊！女生們很懷疑地看著她，再一次地勸說：米尼，我們和他們才剛剛認識，互相都很不了解的呀。米尼已經下定決心，誰也動搖不了。同學們心想：米尼今天眞的吃錯藥了，變得多麼兩樣，她向來是最冷靜和最謹慎的啊！米尼和她的同學們在車站售票處分了手，因爲她們再不願意和男生們一起活動了。米尼的決定激起了她們的反感，這反感一直蔓延到男生們的身上，她們忽然以一種嚴厲審愼的態度看待他們，使他們很茫然。而米尼卻渾然不覺，這更使她們生氣了。直到她們分手的那一刻，她們才稍稍緩和了態度，對米尼說：要不要給你家打一個傳呼電話，說你過一天回家。米尼說：不要了，他們本來也不曉得我哪一天到家。趁著時機，她又向一位同學借了五塊錢，說好到了上海就還。然後，她們互相道了再見。同學們看見米尼背了兩個旅行袋，站在一群陌生的男生裡面，那樣矮小和邋遢的樣子，忽然就有些可憐她，並且爲她感到憂心忡忡，不由共同地說道：米尼，你要當心。此時此刻，米尼才覺得事情有些不尋常。她們在這個陌生的城市裡突然地分手，使她心裡生起一種不安。她笑著說：不要緊的，一到上海我就找你們玩。她們說著「再見，再見」地慢慢分開，朝不同的方向走去。終於，彼此走得看不見了。暮色降臨了，黃昏的天光照耀著石塊嵌拼的街道，又逐漸黯淡下去。男生們說著他們自己的事情，使米尼意識到自己是局外人。她有些孤單地走在他們旁邊，有一刹那，她甚至問自己，是不是應該留下來？可是她緊接著鼓勵自己，她應當積極起來，掌握主動。她漸漸鎭定下來，跟隨他們走進一個飯館，在角落裡占了一張方桌。爲了表示自己不是那種吃男生白食的女生，她率先建議道：我們每人出一塊錢合起來付賬，多退少補吧。男生們則說：不要你插隊的妹妹出錢，阿哥我們請你。聽了這話，她知道他們還是歡迎她的，心中不由十分欣喜，思路也開闊起來，漸漸參加了他們的談話。她耐心地聽著他們說他們的事，又將她知道的事告訴他們。她描述某件事情生動與詼諧的口吻，教他們很喜歡。他們覺得這個女生，雖然不漂亮，可卻很有勁。她有一種製造氣氛的本能，使得人人都很高興。阿康由於和他們太過稔熟，不那麼新奇，削弱了魅力，便被冷落了。而米尼見自己吸引了大家的注意，又因沒有別的稔熟的女生在場，起到監督的作用，便更加自由開放，無拘無束，發揮得越來越好。他們吃過了飯，又去看一場《列寧在一九一八》。男生們抽菸，米尼吃瓜子，嗶嗶剝剝的，心裡覺得異常快樂，卻又隱隱地有一點不足，有什麼不足的呢？電影院裡洋溢了一股挾帶著蔥蒜味的菸味，水泥地濕漉漉的，沾著瓜子皮。阿康坐在另一邊，與她隔了一條走廊。由於喝了酒，白皙的臉龐變紅了，龍蝦似的。他默默地抽著一枝香菸，後來，電影開場了。

晚上，他們在車站附近一家「人民浴室」過宿，男生們住男浴室，米尼住女浴室。她睡在躺椅上，聽裡面淋浴的龍頭，滴滴答答漏了一夜的水。浴室裡通夜開著燈，夜半還有人住進來，又有人起來出去。米尼迷迷糊糊的，夢境和現實交織在一起。她一會兒以爲是到了家，一會兒又到了火車站，天黑漆漆的，車燈雪亮地駛進了站，汽笛長鳴。一列火車過去，房子微微震顫起來，鐵軌噹噹地響。有一會兒，她以爲自己發了寒熱，昏沉沉的，嗓子裡乾得冒火。她頭頂答答的滴水聲，使她急得沒辦法。多年以後，她還會來到這家「人民浴室」，那時候，她簡直認不出這個破爛不堪的浴室了。那是一個冬天，她穿著一件一九八七年的上海很流行的裘皮大衣，長過膝的。她站在一片泥濘骯髒的濕地上，因爲是一個化雪的午後。人們洗完了澡，紅著臉膛躡著手腳，踩著水窪裡幾塊磚頭走出門來。朽爛的牆腳下，堆了煤炭，風一吹過，就揚起黑色的塵屑。只有當一列火車經過，路面被微微震顫的時候，她才依稀辨認出了一點這一個夜晚的遺蹟。這一個夜晚很漫長，燈光徹夜照耀，屋頂下飄浮著永不消散的水氣。忽然一陣鈴聲，有粗壯的女人裸著小腿進來，叫著：起來了，起來了！米尼揉揉眼睛，坐起來，女人衝著她說：起來，起來，澡堂要營業了。她趕緊穿衣下床，匆匆梳洗完畢，拿了自己的東西走出了澡堂。陽光刺痛了她的眼睛，男生們早已聚集在門口，問她怎麼睡得這樣晚，澡堂裡的覺有什麼好睡的，不如回上海去睡了。她揉著酸澀的眼睛，有些笨嘴笨舌的，她想：這是幾點鐘了？懵懵懂懂地跟隨了他們去吃早飯。他們走在蚌埠的大街上，兩邊的商店還沒開門，他們辛酸地笑道：他們現在變成鄉下人啦！阿康便鼓舞道：這叫做英雄落難啊！大約昨天睡好了，阿康精神很飽滿，臉色更白皙了。米尼也漸漸地清醒過來，只是呵欠不斷。大家越笑，她的呵欠越厲害，阿康就說：她是裝的，她裝得多麼像啊！她遏制不住呵欠，又要笑，結果弄得滿眼是淚，乾脆趁勢就哭了起來。阿康小聲說：她哭得多麼像啊！大家越發笑得高興。她一邊哭，一邊快活地想：我這是怎麼了，多麼異樣啊！她哭著，一邊用腳去踢阿康，正好踢在他小腿骨上，阿康不由叫喚起來：「不痛！不痛！」米尼便抹去了眼淚，笑道：他裝痛裝得多麼像啊！大家笑著嚷道：輸給她，輸給她！他們想：這個女生是多麼有趣啊！哭過之後竟沒有呵欠了，米尼的眼睛變得十分清澈，她抬頭看看天，碧藍碧藍的，心想這一天多麼好啊！

這一天，他們去了公園，又去了淮河大堤，逛大街，下館子。吃飯的時候，大家不要米尼付錢，米尼也不硬爭，飯後卻買來蘋果分給大家吃。一天一夜之間，她已和他們相處得十分融洽了。這一天裡，她和阿康經常鬥嘴，當他們鬥嘴的時候，人們就很起勁地觀戰。他們言辭的機敏和幽默，使得他們又感慨又羨慕，不由說：阿康這回是棋逢對手了。阿康聽了沒什麼，米尼卻一怔，失去了一個戰機，終於敗給了阿康。以後的時間裡，她就變得有些沉寂，還有些走神。她有些躲避他似的，總是走在離他遠遠的地方。阿康其實早已看出一些兒端倪，心裡一明如水。而他並不起勁，因他覺得這個女生很平常，趨於中下，可是她是多麼地聰敏。他承認與她說話很有勁，她甚至有激發想像力的作用。所以他也並不十分反對與她配合，扮演一個那樣的角色。他便也沉寂下來。他們兩人的沉寂，使大家有些掃興，慢慢地就轉移了注意，去說一些別的事情，這就到了上車的時間。

他們中間有一個人，認識一個鐵路員工，帶他們提前進了站台。月亮升起了，站台上有不多的幾個人，跺著腳取暖，等候火車，腳跺在堅硬的地上，發出清脆的回聲。候車室裡傳來廣播，報告他們這一次列車進站了。他們緊張起來，將行李背在肩上，往前走了一段，然後又轉身朝後走了一段。只聽天橋上鐵門哐啷一開，上車的人們如千軍萬馬，轟然而下，沓沓的腳步聲頓時充滿在空闊的站台。站台變得十分擁擠。他們被人推推搡搡的，轉眼間便擠散了，互相高聲招呼著。這時候，一道雪亮的燈光劃開了天幕，人們震驚地回過頭去，安靜了片刻，然後加倍地騷亂起來。火車一聲長嘯，裂帛一般，風馳電掣而來。人群好像騷亂的蟲蟻，徒勞無益地在巨大的車身旁邊奔忙。矮小的米尼幾乎被人撞倒，肩上的旅行袋壓得她直不起腰。她幾次接近了車門，又被洶湧的人群推後。「我上不了車了！」她絕望地想到，她看見他們中間已經有幾個人上了車。列車員攀在車門上，將弔在車門的人推下去，要關車門了。有個女孩大聲地哭了起來，在這狂野的人群中，聽起來就好像嬰兒的哭聲。就在這時候，米尼無比欣喜地看見，與她相隔了兩重人牆的前邊，阿康就像一個落水的人在掙扎。他的兩隻手在空中劃動著，像要抓住什麼可攀依的東西。米尼忽然不想上車了，她想：等下一次吧，蚌埠的車次是很多的。阿康又越過了一道人牆，接近車門了，他幾乎就要搆到車門的把手，米尼不由大叫了一聲：阿康！阿康一怔。就這一怔便被人從車門前擠開了，那人推開列車員阻礙的手臂，最後一個上了車，車門關了，鈴聲響了。

男生們終於在兩節車廂之間的過道裡聚集了起來，他們發現米尼和阿康沒有上車。他們面面相覷，停了一會兒，有人說：兩個最聰敏的人怎麼沒有上車？這句無心的話好像提醒了什麼，他們發現事情有些奧妙，不由回想起這一天一夜之間，那兩人的言行舉止，漸漸就有些恍悟。他們開始爲這女生擔心，他們想，她才十七歲的年紀吧，要比他們小得多。怪我們，有人說道，別人都沒有作聲。他們想：我們這麼多男生，卻沒有保護好一個女生。火車轟隆隆地朝前開著，在黑夜裡行駛。很多年過去，他們中間的兩個，有一次聚在一起，談論著以前的事情，他們不約而同地想起了這一個黑夜，他們說：也不知這女生後來怎麼了。

阿康幾乎是從人群中跌落下來，他惱怒地站穩身子，看見米尼站在他面前，很平靜地微笑著。他想就是她的一聲喊，使他走了神；再一想，火車都開了，還有什麼可說的，便也笑了笑，說道：「我們是半斤八兩啊！」這話叫米尼覺得很中聽，就說：「還是你有水平，你已經到達了車門口，我卻還沒進入陣地呢！」他說：「五十步和一百步罷了。」兩人就走到天橋下邊，將旅行包當板凳坐著，等待下一次從烏魯木齊開來的快車。有一個也沒擠上車的人過來向他借火，兩個男人在寒冷的夜晚裡對火的情景令她有些感動。她雙手抱著膝蓋，望了望天上的月亮，想道：好了，現在，只有我和阿康了。

二

米尼的爸爸媽媽在六〇年困難時期去了香港，那時米尼才八歲，在小學讀二年級。有一天下午，放了學後，米尼和小朋友一起下樓，見樓梯口站著阿婆。她很奇怪，說：「阿婆，你怎麼來了？」阿婆說：「我等你一道去看電影。」她便又驚又喜地拉了阿婆的手走了。電影是越劇《情探》，劇中鬼怪的出場使她很興奮，而那鬼怪卻又咿咿呀呀唱了起來就有些掃興。走出電影院時，天已經傍晚。如同所有孩子在興奮之後，都會出現情緒消沉，米尼忽然提不起勁了。她被阿婆牽著手，低頭走在黃昏時分陡然擁擠起來的街道上。她穿了一條背帶褲和一件粉紅格子的襯衫，短髮上斜挑了頭路，用紅毛線紮了一個小辮。她拖拖拉拉的，不肯邁開腳步似的。阿婆回頭說：「走快點啊，你這個小孩！」她覺得阿婆的態度不夠好，就更拖拉了腳步。阿婆將她的手往前一拽，她則把手往後一拽，阿婆就把她的手一甩，自己在前邊走了，腳步急急的。她氣壞了，可見阿婆動了怒，就不敢發作，也不敢被阿婆落下得太遠。

這時，路燈已經亮了，她的情緒落到了最低點。她垂著頭，翻起眼睛瞪著幾步前面的阿婆，心裡罵道：「死阿婆，臭阿婆。」將進弄堂的時候，她忽然一昂頭，氣鼓鼓地走到阿婆前面去了，率先進了弄堂，把阿婆甩在後邊。她走進後門，穿過廚房。正是燒晚飯的時候，她感覺到鄰居們停下了手裡的事情在看她。「看什麼看！」她在心裡說，然後，走上了樓梯。她放重腳步，把樓梯踩得咯吱咯吱響，她想：媽媽就要出來罵她了，這才好呢！她心裡有一股很痛苦的快感，使她振作了一點。可是並沒有人出來罵她。她掃興地進了二樓前客堂，見房間裡沒開燈，黑洞洞地坐了兩個人影：哥哥和姊姊。這時候她才覺得，今天一整天的事情都有些異常。哥哥坐在靠窗的方桌前看書，鼻子快碰到書頁了，姊姊坐在沙發上嚶嚶嘰嘰地哭。

這一年，哥哥十五歲，剛剛入團。爸爸媽媽是最早把去香港的決定告訴他的，這使他感到奇恥大辱。在他思想裡，在那樣的資本主義的地方，父母一旦進去就變成了資產階級，成了人民的敵人。他的共產主義理想就在這一夜之間遭到了滅頂之災。開始他哭，以他那套幼稚而教條的社會主義過渡時期理論去說服父母，甚至還向學校團支部彙報並取得支持，以加強自己的信心。當這一切都不能收到預期的效果時，他開始了絕食。母親不得不將飯送到校長跟前。校長將學生找到辦公室，令他吃飯，他只得吃了。他吃飯的時候，母親就坐在他對面哭，他不由也落下了淚來。窗檯上爬滿了下課的孩子，默默地看著他們母子。他又羞又惱又絕望又傷心，心裡恨死了母親，眼淚卻像斷線的珠子往下流，和了飯菜，一起嚥下肚子。他在心裡和父母劃清了界限，他說：我再不做你們的孩子了，我橫豎都是黨的孩子了。可是，他也知道，他們是靠父母從香港寄來的錢生活，雖然阿婆不告訴他，匯款來的時候，就悄悄地拿了圖章收下，再一個人跑到郵局兌錢。她想：你不肯吃父母的，就算吃我的，這總可以了吧！有一回，匯款來的時候，只他一人在家，郵遞員在樓下一迭聲地叫，把左鄰右舍都叫了出來，告訴郵遞員說，他們家似乎是有人的，大概睡著了。郵遞員請鄰居們代替簽收，可他們說錢的東西是不太好代收的，假如是一封信的話，倒是可以的。郵遞員只得又叫了一氣，最終走了。他一個人躲在客堂裡，緊張得牙齒打戰。他從此變得非常自卑，覺得自己滿身都是污點。是團組織挽救了他，一如既往地信任他，把重要的工作交給他做，學期終時，還被選爲班上的團小組長。他以贖罪的心情努力學習和努力工作，十九歲那年，以優異的成績考上了本市一所重點大學。他不曉得他的父母從阿婆信中知道這一消息時，高興得涕淚交流，深覺得這一世爲牛做馬的受苦都有了報償。他們初來香港時，是投靠母親的弟弟，弟弟在北角開了一家雜貨店。到這時，他們自己才有了一點生意，搬到了九龍。

哥哥上大學的那年，米尼十二歲，姊姊十六歲。姊姊是一個性情極其平淡的人，平淡到了幾乎使人懷疑其中必有什麼深奧之處，其實什麼也沒有。在學校裡，她的成績沒什麼特別好的，也沒什麼特別糟的。同學之間，既沒有要好的，也沒有反目的。從沒有一個專門的同學上門找她來玩，但在四個或五個人的遊戲之中，總有她參加在其間。在家裡，她並不討大人喜歡，也不討大人嫌。不像有的孩子，能使大人愛得要命，又能使大人恨得要命。三個孩子中間，哥哥是最被父母器重和喜愛的，米尼是受父母呵斥最多最烈的，她恰恰是處在中間。她長得也很平淡，叫人記不住，又常常會和別人混淆。可是，在「文化大革命」開始，也就是她十七歲的時候，卻突然地煥發起來。誰也沒有料到，二樓客堂間裡會成長出這樣一個美人。她的單眼皮原來是丹鳳眼，她的長臉型原來是鵝蛋臉，她不高不矮，不胖不瘦，樣樣都恰到好處。學校停課了，她就在家裡，替代阿婆燒飯。阿婆老了，患有高血壓和關節炎，記性越來越差，有時候，會將一個空的水壺坐上煤氣爐，開了大火燒水。那些日子裡，每天上午九點時分，人們總會看見一個秀美的少女，坐在後門口擇菜。她漠然的表情使人感受到一股溫馨的氣氛，這是和弄堂外面轟轟烈烈的革命氣象很不相副的。

性情活潑的米尼，在這個家裡，是得不到什麼快樂的。她敬畏哥哥，不敢與他有什麼爭執；若和姊姊有爭執，姊姊總是會讓她。惟一能與她糾纏的，只有阿婆。阿婆自從爸爸媽媽走後，脾氣越來越壞，沒有耐心，喜怒無常。有時候，明明是她自己找米尼玩笑，說：「米尼，阿婆帶你去城隍廟吧！」米尼當然很興奮，她卻又說：「算了，不去了。」米尼就說：「阿婆賴皮，阿婆賴皮！」不曾想阿婆陡地一沉臉，厲聲道：「誰賴皮？什麼賴皮不賴皮？哪裡學來的下作話！」然後就有很長時間不給米尼好臉看。而假如米尼吸取了前一次的教訓，當阿婆又一次來邀她看戲的時候，回答說：「不去不去。」阿婆先是好言好語地誘惑她，她略堅持一會兒，阿婆就火了，說道：「不識抬舉，倒反過來我要求你了？原來我是這樣下賤呀！」說著就哭了起來。弄得米尼無所適從，最終她得出的結論是：阿婆是個精神病。她當然無法了解到阿婆孤獨又苦悶，想找個人發洩發洩，甚至於撒撒嬌，可是找不到人，就找到了米尼。從此，米尼不再與阿婆囉唆。她的天性是那麼快樂，又很自私，本能地抗拒別人干擾她的心情。因此，一天當中，她最討厭的就是晚上。這時候，一家人不得不坐在一起，有什麼話呢？什麼話也沒有。哥哥埋頭看書；姊姊隨了時下流行的風氣，或者繡枕頭套，或者織線襪，米尼腳上穿的全是這種襪跟往下滑的一張線票四團線織成的襪子；阿婆在方桌上算錢。她先將剩餘的錢點一遍，再把剩餘的數字除以剩餘的天數，就是即日起至下次寄錢的日子，除法的結果便是以下天數裡開銷的標準。然後，再將上次寄錢來至今日爲止的用度計算一下，得出過去的時間內平均每日的花費。將以後的預算和以前的消費做一個減法，則可得出答案：今後的日子是要鬆於以前，還是緊於以前。這個答案將決定第二天的財政方針。這是每天都要進行的計算，因此這財政方針也就應形勢而不斷變化改進。有時候，米尼主動要幫阿婆計算卻遭到了拒絕，因爲這對阿婆是一項有趣的工作，就如智力遊戲一般，不許別人剝奪。而有時候，當阿婆陷入一片糊塗無法自拔，反過來要求米尼的援助，又恰恰正是米尼最不耐煩計算的時候。於是她們祖孫倆的關係便日益惡化。到了最後，阿婆覺得米尼是她最大的敵人，米尼也認定阿婆是她最大的敵人。

樓下東西兩廂房內，住了一家四口。男人是方言話劇團的一名跑龍套角色，女人是家庭婦女，家裡有一對女兒，大的叫小芳，小的叫小芬。姊妹倆特別喜歡吵嘴，吵起來不怎麼激烈，也沒有什麼精采的言辭，只是一人一句，一人一句地來回拉鋸。比如：「神經病！」「神經病！」「神經病！」「神經病！」或者：「十三點！」「十三點！」「十三點！」「十三點！」誰說最後一句，誰就是勝利，因此便無窮盡地反覆下去了。米尼無聊的時候，就去依在姊妹倆住的西廂房門口看她們吵架，直看得昏昏欲睡。有一次，正無休無止時，只見她們的父親，那一個經常在舞台上出演寧波裁縫、蘇北剃頭匠，或者山東籍巡捕的角色，忽然怒沖沖地從東廂房朝西廂房跑去。米尼急忙從門口跳開，踏上兩級樓梯，心想：小芳爸爸光火了。姊妹倆不由得也放低了聲音，她們的爸爸衝進西廂房，朝方凳上一坐，米尼心裡一跳，姊妹倆靜默了足有三秒鐘。不料她們的爸爸只是把一條腿往另一條腿上一擱，又從口袋裡摸出香菸點上，很感興趣地看著她們，好像看戲一般，那姊妹倆只得又一句去一句來地進行了下去。米尼掩著嘴轉身奔上樓梯，伏在扶手上笑得直不起腰。她天性裡還有一種特別能領會幽默的本領，什麼事情是有趣的，什麼事情是不大有趣的，她能分辨得清清楚楚。這使得小芳的爸爸很欣賞她，說她聰敏。在夏天的晚上，大家在後門口乘涼，這位滑稽角色有時會說一些故事，吸引了大人和孩子，笑聲總是此起彼落。最終，他常常摸著米尼的頭，說米尼笑得最在門檻。這位滑稽演員，在江湖上走了多年，運氣一直平平。他的幽默才能，始終不能受到賞識，總是被派演一些小角色。而他並不費力地就將這些小角色演得惟妙惟肖，贏得意外的效果，於是就被認定是一塊天生的小角色材料。漸漸地，他就將他在舞台上得不到使用的才能運用到日常生活中來，成了一個老少皆宜的滑稽角色，給人們帶來了無盡的快樂。誰家婆媳生氣，誰家夫妻吵嘴，人們就說：去叫小芳爸爸來。而小芳爸爸果然來了，只在門口一站，吵嘴和生氣的人就眉開眼笑了。他有時候會說一句很奧妙的話：「不是我有趣，是大家要我有趣。」他曾經帶米尼和小芳小芬一起去看他們劇團的戲，看完戲後，米尼的感想是：這一台戲都不如小芳爸爸這一個人有趣。她將這話對他說了，他聽了竟有些激動，眼睛都濕了似的。他久久沒有說話，用手撫摸著米尼的頭，米尼也沒有說話。從這以後，米尼在心裡就和他很親。

米尼給她的同學們講的笑話，大多是從小芳爸爸那裡批發得來的。小芳爸爸就像是她的快樂的源泉似的，任何愁慘的事情到小芳爸爸面前，便全化爲快樂了。有時候她在心裡暗暗地想道：如果小芳爸爸是她的爸爸就好了。她自己的爸爸，還有媽媽，是什麼模樣的，卻已經被她忘記得一乾二淨。只是他們所在的香港，使她感到神祕，心裡隱隱地還有些虛榮。當她爲自己家庭不夠完美以及不夠富有而感到自卑的時候，她就以這個來安慰自己。她想：我的爸爸媽媽在香港！香港，你們去過嗎？可是，哥哥卻絕不允許家裡任何人提起香港。她心裡笑話哥哥：難道你不是吃香港的嗎？嘴上卻不敢露半點。哥哥是惟一使她敬畏的人，這一輩子裡，她不記得她還敬畏過別的什麼人了。於是，她只得將這點虛榮埋藏在心裡，當有人問及她的父母時，她就大有深意地沉默著，然後略略有些悲戚地說：「不知道。」同時，她還找了一個時機，與全班嘴巴最快的女生海誓山盟，將這祕密告訴了她，並說她是這世界上惟一知道祕密的人。僅僅到這一天的下午，這祕密已經人所周知。於是，她便對那女生說：你做了洩密的叛徒，我從此再不能相信你了。就此和這個她並不喜歡的女生絕了交。現在，所有的人都知道米尼的爸爸媽媽在香港了。到了「文化大革命」，就有同學站出來，要米尼和父母劃清界限。米尼回答道：「可以的。不過，請人民政府付給我生活費。」後來，有同學大約去做了一番調查，查明米尼的父母在香港是城市貧民這一檔的人物，也是勞動大眾，不屬革命的對象，就不再找米尼的麻煩。而米尼卻隱隱好像受了一個打擊，自尊心受了挫傷，見了同學反有些躲避了。自此，同學們提起米尼的父母，也換了口氣，先是說：「米尼的爸爸媽媽在香港，」然後說「但是」，「但是」後面是省略號。米尼聽到了，就在心裡冷笑：無產階級要不要翻身了？也有多事的沒有眼色的人跑來邀她參加革命組織，她笑瞇瞇地謝絕了。她說她覺悟不高，生怕站錯了隊。聽說現在革命隊伍有好幾支呢！人們聽出她話裡的骨頭，又不好說什麼，只好走開了。

一九七〇年，米尼要去安徽插隊落戶了。走之前，她對阿婆說，她不在家裡吃飯，應當把她的那份生活費交給她。阿婆恨恨地望著她，心想自己千辛萬苦，竟餵大了一隻虎，停了停才慢慢地答道：人家都是吃自己的呀！這時候，哥哥在江蘇溧陽的農場勞動鍛鍊，每月已開始拿工資；姊姊早一年就分在了工廠，也有了鐵飯碗。米尼當然聽出了這話裡的潛台詞，不由惱羞成怒，漲紅了臉，而她立即壓下了火氣，反笑了起來，說：假如爸爸媽媽願意給我飯吃呢？阿婆說不出話，臉皺成了一團。這些年來，兒子媳婦按期地寄錢來，她總是扣一些錢存著，以防不測。開始這錢是為了孫兒孫女，怕他們生病。慢慢地，孩子長大了，這錢就有些是為了自己的了。她漸漸地很怕自己生病，又怕自己會老，她覺得自己已到了朝不保夕的年月。在這茫茫人世上，惟一可使她感到安全的就是這些燕子銜泥一樣積蓄起來的錢了。錢一點點積多了，她卻反而覺得不夠了，她積錢的熱情日益高漲。孫子在農場，自己的工資足夠養活自己了；大孫女一月十八元時，她並不說什麼，待到第二年拿到二十三元了，她便讓她每月交五元作飯錢。哥哥本來就忌諱香港來的錢，盼望自食其力；姊姊由於麻木，對什麼都渾然不覺；米尼卻將端倪看得很清，經常生出一些小詭計，迫使阿婆用錢。阿婆越是肉痛，她越是想方設法去挖阿婆的錢。看見阿婆臉皺成一團，她心裡高興得要命，臉上卻十分認眞，殷殷地等待阿婆的答覆。阿婆說：「給你一個月十塊。」其實她心裡想的是十五塊，出口卻成了十塊。米尼以這樣的邏輯推斷出了十五塊這個數字，又加上五塊：「每月二十塊。」她說。阿婆就笑了：「你不要嚇唬我啊，二十塊一個月？到鄉下是去勞動，又不是去吃酒。」米尼就說：「那也不是命該你們吃肉，我吃菜的。」她的話總比阿婆狠一著，最後阿婆只得讓了半步，答應每月十七元。米尼心想不能把人逼得太緊，就勉強答應了，心裡卻樂得不行，因爲她原本的希望，僅僅是十元就足夠了。從此以後，爸爸媽媽從香港給阿婆寄錢，阿婆從上海給米尼寄錢，插隊的日子就這樣開始了。

三

米尼到上海的第二天上午，就穿了紫紅的罩衫和海軍呢長褲，還有一雙錚亮的牛皮高幫棉皮鞋，按了阿康給的地址，去找阿康。

路上，她也想過，如果這是一個假地址呢？在以後的日子裡，米尼發現，當時她這樣想是有道理的，冥冥之中，她就好像是知道了一些什麼，她知道一些什麼呢？

她乘了幾站無軌電車，就到了地址上寫的那條馬路，她順了門牌號碼依次走過去，見地址上的號碼所在是一家日用百貨商店，心裡不由一驚。可再一定神，見地址上註明的是三樓，便從商店旁的弄堂穿過去，走到了後門。後門開著，她走進去，上了漆黑的狹窄的樓梯，她忽然就像作夢似的，她想：這是到了什麼地方？心裡忐忑不安。

她對自己說：她和阿康分別僅僅只有二十四小時啊！可是二十四小時前的事情卻恍若

隔世。樓梯黑得要命，伸手不見五指。忽然間卻有一線光芒，左側牆壁裂開似地啓了一道縫，一雙眼睛在注視她，原來那裡有一扇門。米尼幾乎魂飛魄散，可是這時候她有一個非常清楚又非常奇怪的念頭，那就是：再也不可能回頭了。於是便鎮靜下來，向上走去。

阿康家住在三層閣上。一個老頭出來開門，他穿一件洗白了的中山裝，脹鼓鼓地罩著棉襖，扣著風紀扣，戴副白邊近視眼鏡。他說：「你找誰，同學？」米尼聽了這稱呼就想：怎麼像個教書先生？臉上卻微笑著說：「我是來找阿康的。」他略略一皺眉，又問：「你找他有什麼事嗎？」米尼很不好回答地停了一停，然後就說：「我們約好的。」「在什麼地方約好的？」那教書先生再問。米尼心想：難道是包打聽嗎？樣樣都要問。見她不回答，老頭就說：「如沒有什麼事情，就回去吧。」說著就要關門。米尼一急，就有主意，說道：「我是和他一個廠的，昨天一部火車回來，說好了今天和他碰頭。」老人就有些疑惑，說：「一個廠的？難道也是技校一起分過去的？」米尼笑了：「我哪會是技校的呢？我是插隊的，剛剛招工上來。」老頭心有存疑，米尼的話又滴水不漏，就說：你等一等，轉身過去，把米尼留在門口。米尼想：這是哪一座菩薩啊，這樣地難見。她又暗暗好笑：阿康你原來住在這樣的地方，而心裡卻覺得阿康更親切了。

這時，老人回來了，沒說什麼，只把門拉大了一些，示意她進去。進去是板壁隔起的過道，過道上有水斗、煤氣灶、碗櫥，有兩扇通向房間的門。老人替她推開左邊的一扇，阿康正坐在床沿上穿褲子，看見米尼，就說：「這樣早就來了？」米尼聽了這話，隱隱地有些受打擊，就說：「也不早了。」阿康套上褲子，下了床，站在床前繫皮帶。米尼嗅到被窩裡散發出一股熱烘烘的男人的氣息，有些激動。阿康說：「你坐一會兒，我去刷牙。」然後就出了房間，隨手關上了房門。透過薄薄的板壁，米尼聽見那老頭在問阿康：「她是你們廠的同事嗎？」阿康回答說：「不是，插隊的。」老人又問：「在什麼地方認識的？」阿康說：「輪船上！」「怎麼一認識就到家裡來找？」老頭追問。阿康說：「明明是你放進來的，倒推卸責任。」老頭就說：「阿康，我和你說——」說什麼呢？卻什麼也沒有說。米尼掩了嘴笑起來，覺得阿康的回答又機智又有力。而且，她和阿康無意間聯合了一次，和那老先生開了個不大不小的玩笑，很成功。米尼一個人在房裡等待了很久，她看看床上亂糟糟的被窩，床下橫七豎八幾雙舊鞋子，桌子上的菸灰缸、一本《三國演義》、一個舊的地球儀，樣樣她都覺得新鮮，而且很親切。阿康終於梳洗停當，並且吃了早飯，帶了一股「百雀靈」香脂和大餅油條的香味進來了。只一天一夜之間，他的皮膚就又白淨了許多，頭髮黑黑的，搭在額前。他只穿了毛衣的肩膀和身軀，又結實又秀氣，腰身長長的。他朝米尼笑笑，露出潔白的牙齒，然後就走到床前疊被子。米尼望了他的背影，眼淚湧了上來。

她伸手從背後抱住了他，將臉貼在他的背上，說道：「阿康，我要跟你在一起，無論你要我做什麼，都可以的。」阿康怔了一會兒，又接著把被子疊完，撣了撣床單。米尼反正已經豁出去了，她將阿康抱得更緊了，又一次說：「阿康，我反正不讓你甩掉我了，隨便你怎麼想。」說罷，她淚如雨下。阿康不禁也受了感動，輕輕地說：「我有什麼好的？」米尼說：「你就是好，你就是好，你就是好。」阿康就笑了：「我又不是『文化大革命』。」那時候有一支歌，歌名叫做《文化大革命就是好！》。米尼噗哧一聲也笑了，鬆手去擦眼淚。阿康趁機脫出身子，在床沿上坐下。米尼走過去挨了他坐下，柔聲說：「你比文化大革命還要好。」阿康說：「你不要這樣說，你這樣說我倒不好意思了。」米尼說：「你不要客氣。」阿康說：「我不客氣，是你客氣。」米尼抱住他的頭頸，說：「那我就不客氣了。不管你喜不喜歡我，我反正喜歡你了，你是賴也賴不掉了。」阿康說：「我沒有賴。」米尼歪過頭，看牢他的眼睛，說：「你喜歡我嗎？」阿康沉吟著，米尼就搖他的身子，說：「你講，喜歡還是不喜歡？」阿康說：「你不要搞逼供信呀！」米尼就笑，笑過了又哭。她想：天哪，她怎麼碰上了這麼個鬼啊！她心甘情願輸給他了。他們就這樣廝磨到中午，那老頭就在門外說：「阿康，你的客人在這裡吃飯嗎？」這話顯然是逐客的意思了，可是阿康卻說：「要吃飯的。」老頭咳嗽了幾聲，走開了。米尼掩嘴笑著笑著眼淚又落了下來。她就在阿康肩膀上擦眼淚，阿康心有點被她哭軟了，嘴裡卻說：「你不要哭了好嗎？我的毛衣要縮水了。」

吃過中午飯，兩人就出門了。老頭追到門口，問道：「什麼時候回來？」阿康說：「隨便什麼時候回來。」米尼笑得幾乎從樓梯上滾下去。兩人一部車子乘到外灘，順了南京路從東往西走，一路走一路吃東西：冰磚、話梅、素雞、小餛飩、生煎包子。這一次是阿康付錢，下一次就是米尼付錢。阿康問米尼，插隊的朋友怎麼會有進賬？米尼笑笑，說：「你別問了，反正不是偷來的。」阿康忽有些不悅，沉默了一下。當時，米尼不知道阿康爲什麼沉默，以爲自己沒有正面回答他的問題，他不高興了，就提議到人民公園去坐坐。兩人進了公園，找了條避風又有太陽的長椅坐下來。這時候，米尼就慢慢地將自己的事情講給他聽，告訴他，自己的爸爸媽媽是在香港，每月有錢寄給她，所以——她溫柔地看看阿康——即使是她一直插隊，一直抽不上來，也不要緊的。她自從插隊以後，一直在存錢，現在已經有這個數了——她做了個手勢。阿康表情淡漠地看看她的手勢，笑了笑，沒說什麼。她將頭依在阿康肩膀上，說，將來有一天，他們都能回到上海，有一間房間，阿康現在的房間就很好，買一套家具，買一對沙發，一盞落地燈；白天他們乘公共汽車去上班，他們都有月票，單位裡給辦的；晚上回家，看看電影，逛逛馬路；然後就有一個小孩——

說到這裡，阿康就問：哪裡來的小孩？誰家的小孩？我和你的呀！米尼說。叫什麼名字？他又問。隨便你呀！米尼摸摸他的青青的下巴。阿康就說：不要起名字了，起個號頭吧，就叫阿康二號。米尼說，叫起來像一種農藥或者一種稻種。阿康說：好，請你再講下去，阿康二號以後怎麼了。米尼接著說——阿康二號長大了，有一天乘火車去杭州遊玩——不對，是乘飛機出國，到阿爾巴尼亞訪問，阿康糾正道——是我弄錯了，對不起，阿康二號在飛機上認識一個女的——翻譯，是翻譯，阿康說——阿康二號請她吃了一粒糖——不對，是一粒毛栗子，阿康說。毛栗子通常是指用中指的關節叩擊一下，叩擊的部位一般是腦袋——後來，阿康二號就和她談朋友了。談朋友的過程不是那麼順利，因爲追求阿康二號的人非常多，當然那女翻譯的追求者也很多——比阿康二號少一點，阿康說——一樣多，米尼說。阿康正色道：你怎麼吃裡扒外？阿康二號是我們的小孩，你爲什麼倒要長別人的威風？米尼就讓步了。等到阿康三號出生的時候，天暗了，黃昏來臨了。他們說，差不多了，我們好退休了，就站起來，準備回家。兩人從長椅上站起來時，忽然緊緊地抱在了一起，阿康承認他開始有一點點喜歡米尼了，雖然米尼不好看，卻是很聰敏。米尼說：女人的漂亮是鈔票，用得完的；女人的聰敏卻是用不完，而且越用越多的。阿康就問：那是什麼呢？難道是印鈔票的機器嗎？米尼感動地抱緊了他，喃喃說道：和你阿康頭號在一起是多麼地開心啊，永遠不會不開心了。他們出了公園，還不想回家，就繼續在馬路上逛，看了一場電影：《智取威虎山》。電影散場，已是晚上十點了，街上行人很稀少，路燈黯淡。他們在一根電線杆子後面又擁抱了很久，才終於分開，各自回家了。

以後的三天，他們都是這樣度過的。每天早晨，米尼就來到阿康家的三層閣上，然後或是在房間裡廝磨，或是出去逛馬路，深夜才歸。第三天的晚上，他們在人家的門洞裡糾纏了很久，依依不捨，末班車都要錯過了的時候，米尼說：我實在和你分不開了，要分開只有死路一條了，你去和你爸爸媽媽說，我們要結婚。阿康說：結婚是一件大事情，要辦各種手續，不是說結就可以結的。米尼說：不結婚，我們晚上就要分開，住到各自家裡去，就好像住男女宿舍一樣，這樣的日子，我一天也過不下去了。阿康說：關鍵就在這裡，其實我們只要可以不分開來，結婚不結婚是無所謂的。米尼說：你有什麼辦法，快說出來呀！阿康說：其實我一點辦法也沒有。米尼說：你快想啊！辦法是人想出來的啊！阿康想了一會兒，然後說：我想來想去還是沒有辦法呀！兩人都非常絕望，覺得他們是非常非常地不幸。

這樣的日子又過了三天，馬上就要過年了，不料卻有了辦法。阿康在寧波鄉下的阿娘死了，他們全家要去奔喪。而就在這千鈞一髮的時刻，阿康沖開水的時候燙傷了腳，他把開水沖到了自己的腳上。他就可以不去寧波了。這樣，米尼就可以和阿康一起住至少一個星期。米尼想：這才叫天無絕人之路呢！也是我們有緣分啊！她又很感慨。她預先就和阿婆說，從某一天起，她要和同學去蘇州玩，要玩一個星期左右。阿婆說：正好是你哥哥要回家的這一天，你怎麼要走？或者晚幾天走呢？米尼說：要我晚走可以，不過這幾天我不交伙食費，好不好？阿婆臉一紅，悻悻地走開了。每次回家，阿婆都先要與她算一筆細賬：她在家的期間應按什麼標準交納飯錢；而她帶回家的土產，又應按什麼價格銷售給家裡，這兩項再做一個減法。米尼常常想在計算上使個計謀，或多進一位或少進一位，可是阿婆越來越精於計算，她的陰謀很難得逞。這時，米尼給了阿婆意外的一擊，心中暗暗高興。可到了這一天，海上忽然起浪了，去寧波的船停開，推遲到什麼時候也不知道，讓聽每日早晨的新聞。米尼本已帶好了牙刷用具和換洗衣服，結果又跑了回來。阿婆臉上流露出抑制不住的得意和喜悅的表情，卻故作吃驚地問道：「怎麼還沒走？還當你已經到蘇州了呢！」「蘇州」這個詞在上海話中還有一重意思，就是作夢，有人進入了夢鄉，人們就說，他到蘇州了。米尼裝聽不見，不回答。阿婆又問：「什麼時候去蘇州啊！」還將「蘇州」二字著重地說出。米尼沒好氣地說：「不知道。」阿婆就更歡喜了，這使她對米尼反倒寬容起來，說話和和氣氣的。第二天剛吃過中午飯，米尼卻收到阿康的傳呼電話，讓她打回電，這其實是個暗號。米尼嘴裡答應著，卻並不去回電，而是跑上樓，拿起昨天已收拾好的東西，向阿婆說道：「再會。」就走了。阿婆頓覺自己上了她的當，恨得咬牙，心想：她要不回來才好呢！

米尼走到弄堂口，正遇小芳爸爸迎面走來，見她拿了包出去，就說：怎麼剛回來就要走？米尼說，並不是回安徽，只是出去玩玩。小芳爸爸說：過年了還出去玩？米尼笑笑，不回答。他又說：過年過節，外面很亂，要當心。第一是保牢自己的人，第二是保牢錢。人是魚，錢就是水。有了水，魚活了；有了魚，水也活了。米尼又想笑，卻有些鼻酸，她想：她這一趟走，其實是回不來了。就算人回來了，也不是原來那個人了。她想，遇到小芳爸爸是一件好事情，就算他是來送自己的吧。她很高興送自己的人是小芳爸爸，而不是別人。小芳爸爸看她並不急著走，便也站定了，從口袋裡摸出香菸火柴，米尼就說：我來給你點火。小芳爸爸深深吸了一口菸，慢慢說道：米尼，你還是比較讓大人放心的，獨立能力強。米尼說：我不獨立也沒有辦法。這話她是認眞說的，小芳爸爸慈祥地看了她一眼，這一眼又叫米尼鼻酸了一下，他說：人在世上一遭，你曉得好比什麼？米尼說，不曉得。他就說：就好比一個人獨身走夜路。路呢，並不是好好的一條到底，有許多岔口。上錯一條岔口，就會走到完全不同的地方。走了一夜，天亮了，四周一看，一切都清清楚楚：走的是哪一條路，到的是什麼地方，在什麼地方上了岔口，如果不上這個岔口，而是上那個岔口，路就好得多了，目的地也光明得多，什麼都明白了，可是已經晚了，不可以回頭了。米尼聽到這裡，就問：有沒有什麼竅門呢？小芳爸爸說：竅門沒有，但我這個過來人，倒有兩條經驗，可以交代給你。一是順其自然，二是當機立斷。關於這兩條，是有一齣戲好唱了，但總的來說又只有一個「悟」字——「悟」是什麼意思，米尼你懂嗎？米尼漸漸沒了耐心，就打斷他的話說；現在幾點鐘了，小芳爸爸？他立即明白過來，說：好了，不說了，這本不是三言兩語可說完的。你要走了，祝你玩得開心。再會。再會。他的手在袖口底下揮了揮。轉身進了弄堂，米尼則朝車站跑去。她心裡已經平靜下來，充滿了快樂，再沒有一點留戀。

無軌電車出奇地人少，她竟坐到了一個位置，將她的花布包擱在膝蓋上。她覺得這一個星期是永遠也過不完的，一個星期以後的事，她連想都沒有去想。

米尼走進阿康家時，阿康正坐在大房間方桌前玩一副撲克牌，見她來了，就說：「來了啊？」米尼回答：「來了。」把手裡的東西放下，然後環顧周圍，問：「你們家有什麼年貨嗎？」他說：「你自己去看，全弔在窗口。」窗口屋檐下，果然弔有一隻風雞，一隻蹄膀，還有一條青魚。她又問：「晚飯吃什麼？」「隨便。」阿康說。「炒魚片，再削點精肉下來炒筍片，我帶來了香菇木耳，燒湯。」米尼說道。「再燙二兩黃酒。」阿康吩咐。米尼就開始忙，一邊忙，一邊說：「你爸爸媽媽在寧波住一年就好了。」「這是不可能的。」阿康說。他正在通關，通完了一副，就放下牌，過來看米尼片魚。他的腳除了包了一圈紗布以外，和別人的腳沒有什麼兩樣。米尼回過頭，笑瞇瞇地說：阿康你應當老實交代，你的腳是眞燙還是假燙？阿康說：眞燙。米尼又說：是你無意燙的，還是有心燙的？阿康說：無意燙的。米尼說：你瞎說，明明是有心燙的，好留下來和我結婚。阿康說：如果我是有心燙的，我就不是人。米尼說：你就不是人。阿康說：我是人。不是，米尼說。我是，阿康說。然後他們一個炒菜燒飯，另一個則去燙酒。窗外的天暗了下來，他們拉上窗帘開開燈，房間裡顯得格外溫暖。米尼感動地說：「阿康，這要是我們的家多麼好啊！」阿康也受了感動，說：「可惜這不是我們的家呀！」

他們倆一人坐一邊，面對面的，開始喝酒，米尼覺得自己從來沒有這樣快活過。他們倆都微微地紅了臉，眼睛淚汪汪的，看什麼都蒙了一層霧氣似的，有些影影綽綽。他們一邊吃喝一邊談天，說到各種各樣的事情。他們從來不搶著說話，當一個人說著的時候，另一個人總是專心地安靜地聽著。不像有一些人在一起，只是爲了說給別人聽，至於別人說什麼，都是無關緊要的，弄到後來，因爲沒有人聽，說的人也就白說了。而他們不。第一是因爲他們都具有說話的藝術，當他們中間無論哪一個敘述一件事的時候，絕不會使對方感到乏味和無聊，第二是因爲他們還具有同等的聽話的藝術，對方說話裡微妙的有深意的部分，全都一無遺漏地爲他們吸收，補充進各自的經驗。他們聽話的才能還能反過來檢驗並鍛鍊說話的才能，使得說話更具魅力，來增添彼此聽話的樂趣。他們倆在一起說起話來，往往會忘記了時間。他們一邊說，一邊吃，直吃到盤子底朝天，才暫時打住了話頭，說：明天再說，明天再說。他們欣喜地發現，這正是往常他們必須分手的時間，自鳴鐘噹噹地敲了十一點鐘。今天他們不必分手了。不必再回到各自的「男女宿舍」去了。他們來不及洗碗，就去洗臉和洗腳，來到了阿康的小房間。米尼發現，小床上新換了床單，被子也洗過了，她滿眼是淚地叫了聲「阿康」，阿康卻有些不好意思，像做了什麼錯事似的，嘟囔道：「過年嘛！」米尼噙著淚說：「阿康你不要賴了，我看你還是喜歡我的。」阿康摸著她的頭髮說：「我這個人要求是不高的。」米尼含淚笑道：「你的要求很高，阿康。」「眞的不高。」阿康抱住了她。米尼說：「阿康，你曉得吧？在輪船上，我一眼看見你，就決定要抓住你了。」阿康說：「我也看出這一點了。我曉得我是逃不過去的，就不逃了。」「我永生永世不會讓你逃脫的。」米尼說。「那就要看你的本事了。」阿康很客觀地說。「阿康，阿康，你爲什麼不在臨淮關上火車呢？」米尼激情滿懷地叫道。他們倆徹夜地擁抱和親吻。隔壁房間的自鳴鐘，響了又停，停了又響。曙光透過了窗帘，新的一天來到了。米尼覺得，這一日和過去所有的日子都完全地不一樣了。

他們這樣過了三個晚上，除夕的夜晚就到了。他們偎依著坐在一桌豐盛的酒菜前面，覺得幸福無邊。窗外響著鞭炮，噼噼啪啪的。阿康說，我們也放一百響電光炮，這是我特意從安徽帶來的。這時候，上海的鞭炮是很少的。他們將鞭炮繫在晾竿上，點燃後伸出了窗外。鞭炮炸響了，房間裡彌漫了硝煙，打仗似的。他們快樂地咳嗆著，米尼叫道：「你爸爸媽媽不要回來了多好！」阿康叫道：「可是他們是一定要回來的啊！」米尼又叫：「我不要他們回來，我要在這裡，就我們兩個人在這裡。」阿康卻被她的話掃了興似的，冷笑了一下：「這個三層閣我已經住得要起霉啦，要住你自己住吧。」米尼一怔，又說：「我要你在這裡。」阿康說：「謝謝。」米尼說：「不要謝。」阿康還是說：「謝謝。」鞭炮的火藥味漸漸消散了，米尼往桌上的火鍋添了炭，又加了水，阿康默默地喝了一碗菠菜湯。米尼抱著阿康的身子說：「和我喜歡的人在一起，過什麼樣的日子我都歡喜。」阿康笑笑，慢慢地說：「你曉得你喜歡的人是什麼人呢？」「你呀！」米尼說，把身子放倒，頭枕在他的膝蓋上，眼睛從下朝上看著他，心想，他是多麼好看而又聰敏。她喜歡清秀聰敏的男人，她覺得粗笨的男人就像動物。腦子裡一跳出這個比喻，她就笑了。自鳴鐘噹噹地敲了十二下，新年到了。在新的一年裡，他們的命運將會如何？

很多年過去以後，米尼腦子裡還經常迴盪著這除夕的鐘聲。鐘聲響過以後，他們坐在桌子兩邊，用撲克牌玩「接龍」。梅花七在阿康手中，所以阿康先出牌。兩個人玩牌是很難玩好的，因爲彼此都知道對方手裡的牌，技巧就在於什麼牌應當先出，什麼牌應當後出，既要卡住對方，卻又不能卡了自己。他們玩得很認眞也很投入，新年的早晨慢慢地來臨了。

大年初一好好地過去了，大年初二也好好地過去了。大年初三的早晨到了。早晨起來，阿康有些心不定似的，先在房間裡走來走去，後來又坐下來，坐了至多兩分鐘又站了起來，再後來就乾脆躺到床上去了。米尼說：我們打牌吧，他說不打；米尼說去看電影，他說不看；米尼想，他或許是累了，就讓他躺一會兒吧。過了一時，聽小房間裡沒有聲音，就走過去看看，見他躺在床上，眼睛望著黑黝黝的屋頂，一隻手枕在頭下，另一隻手拿了個拔豬毛的鉗子夾下巴上的鬍子茬，那情景使她覺得有些古怪，隱隱地不安。中午飯時，阿康的胃口也減了許多，勸他再吃，他就有些煩躁，將碗一推，什麼話也不說地又進到小房間裡。米尼聽見他在小房間裡走來走去，腿碰在床沿和桌椅上，砰砰地響。米尼想去問他，是生病了還是怎麼了，卻也曉得問是問不出什麼的，不如由他去，等毛病過去了，再說。她這麼一想，心反而定了，洗好碗，擦好桌子，伏在窗口看街景。初二的街道，似已有一些疏落，行人不多，商店開了一半，另一半還在放春假。對面弄堂口站了幾個小青年，他們好像永遠站在弄堂口，從米尼第一次來阿康家就看見他們了，就像是站崗，連春節也不休息。米尼暗暗好笑，接著又細細打量他們。他們不說話，也不笑，表情甚至很嚴肅。他們有時候是幾個人相對而站，有時候則一齊面朝了街道，他們站在這裡做什麼呢？米尼心裡想著。這時，小房間裡又沒了聲音，靜靜的，她便走過去看。阿康蒙了毯子在睡覺了。米尼躡著手腳走進去，脫了鞋，輕輕地鑽進了毯子。不料阿康陡地一驚，幾乎從床上跳起來，反把米尼嚇了一跳。「是我啊，阿康。」她溫柔地抱住了阿康，覺得他很柔弱，心裡充滿了憐惜。「你把我吵醒了。」阿康微微喘吁著說。「對不起，阿康。」米尼把臉貼在他背上，她覺得：只有抱著阿康的時候，阿康才是真的，其他所有時候，阿康都好像是假的。「你要把我扼死了。」他說。「我沒有扼你。」米尼說。「扼了。」「沒有。」他忽然又急躁起來，掙脫了米尼的摟抱，坐了起來。坐了一會兒，他說：「我想自己出去走走。」米尼讓他下了床，默默地看他穿上鞋子，又穿上棉襖。他說過「我想自己出去走走」這句話以後倒鎮定了下來，很堅決地扣著扣子。米尼有些害怕，她覺得阿康好像在夢遊似的，變得那麼古怪而不近情理。他扣完扣子，又在脖頸上圍了一條灰藍色的圍巾，然後兩手插在西裝褲的褲袋裡，推開了門，走下黑暗而狹窄的樓梯。米尼呆了，一動不動地站著，等到阿康的背影最終消失在樓梯下面，她才覺悟了似地「哎喲」了一聲。她返身跑到窗口，街上靜靜的，對面弄堂口依然站著那幾個年輕人。這時候，她看見窗下百貨店旁邊的弄堂裡走出了阿康。他低了頭，雙手插在褲袋裡，穿了中式棉襖罩衫的身形是那樣地優雅。他走出了弄堂，沿了馬路朝前走去。「天哪，他要去什麼地方啊！」米尼的喉頭哽住了，她覺得事情不對頭，很不對頭。她應當阻止他出去的，可她知道她阻止不了。她目送著阿康走到街口，前邊是人車如流的大馬路。阿康斜穿過馬路向右一轉，匯入了大街的人流之中，不見了。米尼的眼淚掉了下來，她隱隱覺得，他這一去是凶多吉少。她甚至會覺得，他這一去，回來的希望是渺茫的。她對自己說，這純粹是胡思亂想，她不應當胡思亂想。她像隻熱鍋上的螞蟻那樣，在房間裡轉來轉去。這時候，她還不知道，她擔驚受怕的日子，已經開頭了。

有時候，當她走在正午的陽光耀眼的大街上，人群從她身邊流過，她覺得所有的一切都是另一個世界的景象，她想太陽是照耀人家世界裡的太陽。報攤上出售著當天的日報和隔夜的晚報，人們議論著這個城市的或別的城市的大事和小事，可是，這與我有什麼關係呢？她笑嘻嘻地想，照常走她自己的路。

太陽漸漸移到了西邊，米尼趴在沿街的窗口，望穿了眼睛。她曾經想出去找他，可是她又想，萬一在她出去的時間裡，他卻回來了怎麼辦呢？他沒有帶鑰匙，進不了房間，他會不會沒有耐心等她，轉身又一次上街了？她不敢走開，她覺得她除了等待是沒有別的辦法的。她無心燒晚飯，心想：人都沒回來，晚飯又有什麼意思？她自己沒有發現，她其實充滿了無望的心情，從他出門的時候開始，她就好像已經斷定他不會回來了。她想：他會不會到他的同學家裡去？就拚命翻他的抽屜，想找一些地址什麼的，卻什麼也沒有找到。天暗了下來，路燈亮了，有一瞬間，米尼感到了靜謐的氣氛。這時候，她就想，也許他就要回來，看見沒有晚飯吃，就要生氣了。於是她就去淘米。可是這一陣的安寧卻轉瞬即逝，她將鍋子放在煤氣上，忘了點火，重新坐到窗口去了。

對面弄堂口的路燈亮了，照著那幾個年輕人。他們雙手插在褲袋裡，低著頭，相對而站，圍了一個圈。他們其實是這世界上最最寂寞的青年，他們之間以寂寞而達成深刻的默契，這默契將他們聯合起來，與外界隔絕，甚至對抗。他們的寂寞和孤獨傳染了米尼，米尼想：他們是不是應該回家去了。家家窗戶的燈光都明亮著，流露出溫暖的節日的氣息。人們都在吃晚飯呢！米尼將下巴擱在胳膊肘裡，望著阿康走去的那個路口，那裡有一盞路燈明亮地照耀著，可是沒有人。不知什麼時候，對面弄堂口的男孩們沒有了，就好像是消失到地底下去了似的，無聲無息。米尼等待得已經累了，她茫茫地看著前邊的路口，心裡什麼念頭也沒有。有鞭炮零落的聲響，使米尼想起除夕的晚上，那僅僅還是三天之前啊！米尼靜靜地流著眼淚。

晚上，阿康沒有回來。他的不回來，就像是在米尼預料之中的那樣，她沒有急得發瘋，急得發瘋的時候已經過去了。她和衣躺在床上，蓋著毯子，每一點動靜都會使她想一想：是阿康回來了嗎？她一夜沒有合眼，到了天亮，第一線曙光射進窗戶的時候，她決定，去找阿康。起來之後，梳洗一番，又燒了泡飯自己吃了，然後便鎖了門下樓了。這還是清晨很早的時候，人們都沒有起床，緊閉著門窗。她走下黑暗的木樓梯，聽見老鼠在地板下面逃竄，嗖嗖的腳步聲。她出了門，又出了弄堂，走上了街道。對面弄堂口已經站了一個男孩，焦灼不安地來回踱步，等待他的同伴。初升的太陽將米尼的影子拉得長長的，斜過街道，年初四開始了。

米尼讓過一輛自行車，到了馬路對面，然後朝右轉彎，上了大馬路。一部無軌電車開了過去，車上人很少。她沿了電車路線走了一站，路上幾乎沒有什麼行人。幾家早點鋪開了門，飄出油污的氣息。她乘上電車，到了外灘，沿了黃浦江走。太陽漸漸高了，把江水照得明晃晃的，那時的江水還不像十多年以後的那麼污濁，風吹來微帶腥味的江水的氣息，有大人帶著孩子在散步。輪船靜靜地泊在江岸，遠處汽笛叫了，嗚嗚地響。她漠漠的目光從江上掠過去，看見了荒涼而廣闊的對岸。她從黃浦公園一直走到了十六鋪碼頭，再又走了回來。到了中午的時候，大街上行人如潮，度著春節裡最後的一個假日。她望著擁來擁去的行人，不曉得他們是在做什麼。她也問自己，她是在做什麼？因爲她心裡其實一點希望也沒有，這樣走來走去只是爲了使自己有點事情可做。她買了一個麵包，伏在江邊水泥護欄上吃了，阿康已經變成非常遙遠的回憶，簡直和她沒有一點關係似的。吃完了麵包，她又在茶攤上買了一杯溫吞吞的茶水。然後，她就離開了江邊，穿過馬路，走過和平飯店，往南京東路去了。高大的建築群裡迴盪著江風，呼啦啦的，幾乎將人颳倒。越過陰沉的高樓的石壁，太陽眩目地走過碧藍的天空。

南京路上，行人摩肩接踵，遊行似地浩蕩地走著。在華僑飯店旁邊，她看見了她的姊姊和阿婆，她跳上飯店的石階，躲在廊柱後面，看她們兩人停在「翠文齋」食品店門口，商量要買什麼東西。她將她們看得那麼清楚，好像她們是面對面地站著。阿婆緊緊地抿著嘴，目光苛求而堅定，姊姊漠然和平，怎麼都行的樣子。顯然是阿婆要買一件東西，待要買時又猶豫了，猶豫了一陣還是要買。米尼站在華僑飯店門前高大的石頭廊柱後面，心裡充滿了咫尺天涯的感覺。她們最終離開了「翠文齋」，繼續向東走，從她面前走過，消失在如潮的人群裡面。米尼覺得自己和她們是永遠地分離了。她走下寬闊的石階，去繼續她流浪般的尋找。

這時候，她並不知道，從此她流浪的生涯就開始了。

過了一天，又過了一天，阿康沒有回來，他的父母卻從寧波回來了。

四

阿康的父親和母親都是吃粉筆灰的。六十年代初期，父親得了肺病，就退職了。其實，生病只是表面的理由，深處還有一個不爲眾人所知的原因。那就是，當他還是一名中學生的時候，曾經加入過國民黨三民主義青年團。當時的情景已經記不清了，總之是有人拿來一疊表格，你一張，我一張地塡寫了起來，他也塡寫了一張。那時他還是個孩子，沒有頭腦，沒有政治主見，喜歡熱鬧，有許多人做的事情，他也就不拒絕做一做，否則就覺得自己很孤立。一九四九年以後，漸漸地，這卻成了他的心病。這心病在後來的歷次運動中，如滾雪球似地越滾越大。每一次運動來，他就要自我鬥爭一次：是去向領導交代，還是不交代？他想，當年在一起塡表的人都已離散，有的少年夭折，還有的出洋後再沒回來。當時有許多人在，未必能記著有一個唐亦生也塡了這表（唐亦生是他的名字）。可是萬一呢？他不相信會有什麼事情是萬一也不會發生的。這些年來，他爲人做事，如履薄冰，如臨深淵。夜深人靜時，他無數次地憧憬著那一日的情景能夠重演一遍：當表格送來的時候，他恰恰走開了，去上廁所，或者去洗一塊手絹。這個祕密只有一個人知道，就是阿康的母親。在那些膽戰心驚的白晝或是黑夜，他們壓低了喉嚨，反覆討論著：是不是要去領導處交代。他們一會兒說去，一會兒又說不去；有時他說去，她說不去；有時則她說去，他說不去。有幾次，他們實在捱不過漫漫長夜，就決定第二天一早就去向領導坦白。可是天亮的時候，他們心裡稍稍豁朗了一些，心想：也許這些並沒有什麼，就打消了念頭。還有幾次，是白天裡同事們的言談舉止使他們起了疑心，惶惶不可終日，就像過街的老鼠。然而到了夜晚，他們躲在他們小小的三層閣上，黑暗隱匿了他們，使他們鬆了一口氣。有時候，她鼓勵他不要害怕，有時候是他鼓勵她不要害怕，他們相濡以沫地度過了一天又一天，一年又一年。相比較而言，她的神經稍稍比他堅強，而他的精神幾臨崩潰，上班於他漸漸成爲不可推卸的苦役，尤其是經過了星期天的休息而來臨的星期一早晨，他甚至會出現心跳氣短的病狀。他變得疑神疑鬼，對誰也不相信。他沒有一個朋友，無論是節日還是平時，都沒有客人上門。他們兩個大人和一個孩子深深地蝸居在這日益朽爛的三層閣上，時刻都會覺得災難就要臨頭。到了一九六〇年，他終於得病，提出退職休養，完全從社會上退身出來。他每天早上去菜場買菜，帶回來油條和豆漿，打發女人孩子上班的上班，上學的上學，自己在家讀幾頁《史記》之類的古書，再練幾筆大字，寫過字的紙都很認眞地燒掉，然後就燒午飯。午飯後，他睡一個小時的午覺，再去馬路對面弄堂口報欄看報。他看報看得很仔細，連電影廣告也不漏過，看報總是要花去他大約一個小時的時間。看完報後，太陽就有些偏西，燒晚飯的時間到了。晚上，孩子在燈下做功課，女人在燈下批作業，他在一邊喝茶抽菸，心裡充滿了安謐的情感。隔壁隱隱傳來收音機的聲音，有時是歌唱，有時是新聞，聽得不太眞切。可是有了這點聲音，他也滿足了。他們家裡沒有收音機，因爲收音機容易使人聯想起「短波」和「敵台」這一類事情。爲了防止人們對他們所能生出的一切懷疑，他們甚至連房門都敞開著，直到晚上睡覺才關上。他們對左鄰右舍總是客氣而恭敬，擔任一些瑣碎而麻煩的義務，比如收交水電費，參加每星期四的里弄大掃除。然而對於那些和文字有關的工作，比如出黑板報或者讀報，他總是婉言拒絕。他表現得不積極卻也不消極，樣樣事情做到正好使別人不太能夠想起他。

在他最初的退職的日子裡，他還有過一個想法，就是教導他的孩子。以他多年的教學經驗，只要是一個智力中等的孩子，就可在他的輔導下順利考上一個較好的中學，再考上一個說得過去的高中，以致考上大學。他既具有教育的學問，又頗懂得考試的竅門。在學校裡，他以他做人第一的準則，將這一切才能藏而不露，只做到中庸爲止。而對自己的孩子，情形就大不相同了。到了此時，他似乎才第一次認眞地注意起自己的孩子，孩子已經十三歲了。

阿康從小長得格外清秀，白皙的瓜子臉，黑漆漆修長的眉毛，眼睛的形狀像女孩子，大家都叫他「小姑娘」。這時候，人們都不會想到，日後「小姑娘」這個名字將會是很響亮的。他不僅長相清秀，還有一種特別整潔的習慣。在那個年代裡，許多孩子都還需要穿有補丁的衣服，在長個子的年齡裡，褲腳管常常是接了一截甚至幾截。即使穿了這樣的衣服，阿康依然是整整齊齊的。脖子上的紅領巾也絕不和所有的男孩甚至女孩那樣，綯綯巴巴，鹹菜似的一根，尖角則被他們在沉思默想時咬噬得破爛不堪。他的領巾就好像熨過一樣地平整。書包和課本也是乾乾淨淨的，很博得老師的喜愛。曾經有一度，老師想將他培養成班級裡的幹部，由他負責一些紀律的管理。可是逐漸地，老師開始放棄這個想法了。她感覺到，這個孩子遠不是像他表面上那麼聽話的。有一次，她臨時有事須走開一下，就讓阿康領導一下晨讀。當她回來的時候，孩子們正在朗朗讀書，而她卻感覺到教室裡彌漫著一股激動的情緒。她是一個有著二十年教齡的小學教師，熟知學生們的每一點心理。她覺得他們讀書讀得過分響亮和起勁，連最最搗蛋的學生也像一個三好生一樣在勤奮地朗讀。這讀書聲中含有一種陰謀得逞的興高采烈的意味，這一切均逃不過她的眼睛。下課後，她將阿康叫到辦公室裡，問他，在老師走開後，教室裡的秩序怎樣。阿康說，很好。老師又問了一遍，並且流露出意味深長的微笑。阿康依然說，很好。他坦然而天眞地看著老師，卻令她覺得這眼光中有一種不誠實的東西，她想要揭穿他，就說：老師其實並沒有走遠；他卻說：老師既然知道了什麼，爲什麼要問我。老師不防備會有這一答，不由一怔，心裡緩緩地想：這個孩子眞不簡單啊。她最終也不知道在這個早晨，教室裡究竟發生了什麼，而對於這孩子的好感和信任，卻在這個早晨消失殆盡。後來她很多次發現，在每一種搗蛋事件中，其實都有著他在幕後，而她又總是捉不住他。他顯得老實和誠懇，並且保護同學，不肯做一點卑鄙的事情。如去問他什麼，他總是說：我不知道。而老師明明知道他什麼都知道，卻沒有一點辦法好叫他承認。當老師發現自己原來是在和一個孩子鬥法，心裡很不是味道。爲了糾正這樣的想法，她曾經去做過一次認眞的家訪，她想：她是一名教育者啊！

她是在晚飯以後大約七點鐘的時候去的，他已經上床睡覺了。父親在喝茶，母親則批改著一摞學生的作文，這時就放下作業，去小房間把他叫起來。他穿了毛衣走出來，站在老師面前。老師說：怎麼這樣早就睡了？他說沒有什麼事情，所以就睡了。老師就說：沒有什麼事情，就可以看看書，讀讀報紙，預習一下明日的功課，或者幫助爸爸媽媽做做家務。他回答說，好的，就不再說什麼了。他微微垂著頭，眼睛無神，又不像是困倦。他坐在一張方凳上，手搭著膝蓋。一盞二十五支光的電燈在他頭頂昏暗地照耀，他清秀的臉上布了一些陰影。他趁人不注意的時候，就轉動著眼珠去看老師，又看自己的父母，顯得惶惑而不安。老師暗暗驚訝道：這孩子怎麼變了？她覺得孩子父母倒都是通情達理的人，因同是搞教育的，談得就很契合。他們先是談了些別的，然後才將話題轉到孩子身上。他們共同地肯定了這個孩子的優點，接著，父母就主動提及了他的缺點。他們認為，孩子最主要的不足之處是懶散，對什麼都缺乏積極的態度。他們簡直不知道什麼事情是他最感興趣的，他好像對什麼都不感興趣。說到這裡，他們就轉過臉，很溫和地問孩子：「你說說看，什麼是你最喜愛的？」他不回答，只是微笑。這一刹那，他十分像一個美麗的癡呆兒。老師很遺憾他父母沒有提到「誠實」這個問題，於是她旁敲側擊地問道：平時下午他幾點鐘回家？父母回答說，一放學就回了家。回了家做什麼呢？老師又問。回家總是做作業，父母說，他倒是不出去闖禍的，可就是太疏懶了。老師最終也無法提出「誠實」的問題，因為這是沒有根據的事情，僅是她的感覺。當她走出他家時，心想：這一對父母都是好人，可是卻不夠了解自己的孩子。其實他父母的了解是比她更深刻了一層的。

當父親準備對阿康進行課外的輔導時，他才發現，在完成學校作業以後，是沒有一點時間再做別的了。阿康將學校布置的功課做得很仔細很緩慢，用去半個下午和一個晚上。假如催迫過急，他便會生病，臉蛋燒得紅紅的，以致連學校的功課也無法完成還要缺課一天。這一天，他就一直躺在床上，吃著父親調好的糖開水和麵條，讓母親把洗臉水端到床前漱洗。他躺在床上，也不睡著，腦子裡想著一些誰也不知道的念頭。假日的時候，父親想教他練練大字，他很順從地提起筆，由了父親的指點，一筆一畫地寫，沒有一點錯，卻全無塑造的可能。父親首先失去了信心，孩子便趁機擱下了筆。父親或者教他讀幾首詩詞，而他也永遠弄不懂其中的意思，答非所問。父親隱隱感覺到，其中似有一些小小的險惡的用心，卻又捉不住把柄，只得隨他去。在兒子躺著生病，不知想些什麼事情的時候，他想的是：這孩子究竟是個什麼樣的孩子呢？這樣的時候，他覺得自己和孩子相隔得很遠，他們誰也不了解誰。他默默地想著這些，直到黃昏。這樣的黃昏是最最令他哀傷的了，他覺得自己四十多歲的生命都已經枯竭了，已是夕陽西下。

孩子躺在床上，心裡卻是快樂的，他想：他把他們這些大人全都騙了，他覺得大人們是多麼蠢啊！他想他是一個孩子，這其實是很好的掩護。人們都不會注意到他，更不會懷疑他，他盡可以做一切把戲。可是，他得小心點兒，他實在是有點興奮過頭了。他想裝一天病就足夠他樂的了，明天他就得好好地上學去了，繼續玩他的做個乖孩子的把戲。想到新的一幕即將開始，他幾乎心潮激盪。其實他並不喜歡待在家裡，在家裡他時時覺著煩悶。似乎家裡的天地太小，不足以讓他的把戲充分展開。他沒有兄弟姊妹，跟父母玩這把戲，他沒有太大的興趣。他覺得天底下再沒比他的父母更沒勁的人了，他一看見他們就意氣消沉，所有的聰敏才智都不見了。他覺得他們總是掃興，心裡漸漸地起了恨意，有時候他就故意地也要叫他們掃興。譬如考試，他其實是可以考一個更好的，能使父母、尤其使父親快樂的成績，可就爲了不讓他們快樂，他便決定不考得更好。他還喜歡偷偷地將他們的東西藏起來，看著他們著急，並且和他們一起找，找來找去找不著，心裡就無比地喜悅。過了很多日子，他們會在完全意想不到的地方重新看見這樣東西，當然，還有一些東西是永遠不會回來的了。他們從來沒有想過，會是他藏起了他們的東西，他們總是互相埋怨，或者埋怨自己，說自己又老又糊塗，他們黯然神傷，灰心喪氣。終於有一天，他們竟發現錢少了。

錢的事情，他們相信他們是不會記錯的。一分一角的支出都仔細地記錄在一個自製的賬本上，每一天都要計算支出的總數和餘額。錢是放在一個鐵盒裡，鐵盒放在五斗櫥第一個抽屜裡，抽屜上有鎖，鑰匙則放在書桌的最後一個抽屜裡。在他們確信自己沒有拿錢也沒有忘了上賬之後，他們開始盤查阿康了。阿康先是說他不知道錢的事情，他的表情是那樣愕然，使兩個大人覺得十分內疚，心想他們不應當去懷疑一個孩子。但束手無策的情形使他們稍稍堅持了一會兒，問道：自你回家以後有誰來過這裡？阿康說沒有，說過之後就沉默了，自知露出了破綻。此後再怎麼問也不作聲了，只是以委屈的目光不時看父親或母親一眼。無奈之下，便搜查了他的書包，在課本裡找到一張壓得很平整的完整的一元錢鈔票，正是所缺的數字。這時候，他們感覺到了從未有過的絕望，他們這才明白這個孩子其實是他們兩個大人的惟一的希望。而從前他們從來沒有意識到過，他們竟將他們的希望忽略了這麼長久。如今他們終於注意到了，可是卻已經破碎了。他們幾乎說不出話來，半天，才問了一句：你要這錢做什麼？阿康慚愧似地一笑。然後他們又問了一句莫名其妙的話：爲什麼拿了錢又不用掉？阿康就更無話可答了。這天夜裡，他們商量了很久：要不要將此事向孩子的學校反映。他們覺得這是一樁大事，不僅不應當瞞著學校，還應當依靠學校。可是事情一旦傳開，孩子的處境將會如何？他們反覆權衡利弊，一會兒傾向於去，一會兒傾向於不去；或者是他傾向於去，她傾向於不去；或者是倒過來，她傾向於去，他傾向於不去。有幾次終於決定了去，可是面對了老師卻又說起了關於考試和複習的事情。還有幾次說好了不去，卻不知不覺繞到了學校，在門口徘徊。他們晝夜憂心忡忡，心裡壓抑得要命。後來，他們實在抵禦不了這種憂慮的折磨，他們覺得他們簡直是面臨了家破人亡的災難，而他們從來不知道應該做什麼，也不知道應該不做什麼，他們一無所能，一無作爲，他們只有去學校了。

後來，他們從來也沒有想過，假如不去學校，事情會是怎樣發展。或許是他們沒有勇氣去設想這些，因爲他們不願意背上自責的包袱，永世不得翻身。他們想：這都是命中注定。他們就是這個命。他們演變成了一個悲觀的宿命論者，而他們只能在自己的三層閣上做一個宿命論者，出了閣樓，他們還必須繼續扮演一個積極的唯物主義者。

他們在一個星期六的下午，來到老師辦公室裡。他們戰戰兢兢地，語無倫次地，吞吞吐吐地，對老師說，他們發現孩子有偷竊行爲。以他們貧乏的想像力，無法對孩子這一行爲做出別種解釋。他們再不會想到，就在他們說出「偷竊」這兩個字的時候，孩子幾乎是一生的命運便被決定了。老師聽見這個情況時的心情極爲複雜，應該說她是相當震驚的，同時她心裡很奇怪地還有一種滿足。她長期以來對這學生隱約的仇視和懷疑忽然間有了一個例證，這個例證也許和她的感覺並不十分相符，可她卻來不及去分析和研究了。在此機會，她向家長反映了她對這學生種種不誠實的考察，使他們更加惶惑不安。從學校裡出來的時候，他們發覺他們的憂慮非但沒有減輕，反而加劇了。這一個週末的晚上，他們家中愁雲密布。他們沒有一個朋友，可以爲他們排解。他們無處求援，極其孤獨地抵禦著這不幸的襲擊。這一個三層閣多麼像一個孤島啊！

「阿康偷東西」的消息不脛而走。開始只是幾個同學在教室裡或走廊上交頭接耳，竊竊私語。後來，越傳越盛，終於廣爲人知了。同學們用異樣的目光看著阿康，待他迎向那目光時，又匆匆躲過，轉移了方向。同學們明顯地和阿康疏遠了，再沒有人同他遊戲玩耍。阿康放學後一個人悶悶不樂地回家，腳下踢著一粒石子，心裡有一種很奇異的挫敗感。他想：所有的人都合夥對付他，使他陷於絕境。那時候，他還不懂得絕望，只是覺得深刻的無聊。什麼都沒有意思：讀書、生活、老師、父母，沒有一樁事情是有意思的。就在這樣的時候，他讀完了最後一年小學，上了中學。

中學離家較遠，坐電車兩站路，有時候他走著上學或者放學，有時候他也乘車。有一回乘車的時候，他從身邊一個女人敞開的皮包裡拿了一個皮夾。這是他第一次的偷竊，雖然他已背了很久偷竊的名聲。他從那開口很大的皮包裡撿出這個皮夾，從容而坦然，就好像是在拿自己的皮夾。那女人毫無察覺地下了車，車子又動了，人們表情漠然地看著窗外，搖晃著身體。然後車又停站，他下了車。這時候，他無比清晰地意識到：他偷了一個皮夾。他渾身打起寒戰，牙齒輕輕撞擊著，手心裡出了冷汗。夜晚，父母都入睡了，他從被窩裡爬出來，不敢開燈，湊著窗外路燈的光亮，打開了這個皮夾，皮夾裡有八元三角錢、幾斤糧票、幾尺布票，還有一張月票，照片上是一個梳了一對長辮微笑的姑娘，大約是那女人年輕的時候。他將這張照片看了很久，然後用刀片在她臉上切了一個對角。望了這張破裂的笑臉，他心想：這個女人帶了這些錢將要去買什麼呢？他胳膊肘支在枕頭上，雙手托腮，心裡非常平靜。這些陌生的東西好像把他帶去了很遠的地方，那裡的一切都是不爲他所了解的。他將布票和月票撕了，這個普通的陳舊的皮夾保留了一段時間之後也扔了，如何處理那筆錢，他動了很久的腦筋。那時，他還不懂得怎樣花錢。後來，他一個人去老城隍廟玩了一趟，吃了點心，買了一些香菸牌子，在回家的路上，他就把香菸牌子撕了，塞進了廢紙箱。總共只花了六毛錢，剩下的，他最終塞進床底下一個舊日的老鼠洞裡，用半塊磚頭堵上了，這才了卻了一件心事。然而，再偷一個錢包的念頭卻升起在心間，晝夜攪擾著他，使他不得安寧。於是，他又偷了第二個錢包，也是一個女人的錢包。這一個錢包是當時最爲女孩們喜愛的那種娃娃錢包，色彩鮮麗的娃娃臉形上，有一對有機玻璃的眼睛一張一合，裡邊只有一塊多錢，錢包卻是嶄新的。他不敢將這只錢包在身邊留得太久，兩天之後就扔進了離家很遠的一個垃圾箱。錢花得很順利，都是吃掉的。吃，是最安全又最受惠的方法。以後，他基本都是以這方式處理錢的問題的。當他偷到第五個錢包的時候，被人抓住了。他眉清目秀，溫文爾雅的樣子使人吃了一驚，以致沒有像通常所做的那樣打他。人們將他送進了派出所。

派出所的民警問他是什麼學校的學生，多少年級，家住哪裡，父母工作單位和姓名。他一一做了回答，不敢有半句說謊，他幾乎嚇破了膽，渾身哆嗦得像一片風中的樹葉，臉色發青，然後又浮起紅暈。民警便認定他是個初犯，不再與他多話，將他關進一個小間。這派出所坐落在一條新式里弄房子裡，他所關進的小間正臨了後弄。初夏的日子，窗戶開著，有小孩趴著窗上的鐵柵欄往裡看，「小偷，小偷」地叫他。他蜷縮在角落裡，心裡恍惚惚的，發起了高燒。他不曉得時間是怎樣過去的，天黑的時候，老師和父親來了，將他從派出所領了出去。大約是晚飯的時間，小孩子們回家了，弄堂裡靜悄悄的，開滿花朵的夾竹桃在風中沙沙地響，燈光柔和地映著家家戶戶的花布窗帘。他一邊走著老師，另一邊走著父親，在兩個大人的挾持下走出了弄堂。他昏昏沉沉地想到：這是往什麼地方去呢？最後他們站在了馬路邊一盞路燈底下，他聽見老師說：其實在他小學的品德評語裡，就記錄有他偷竊的行爲，可是老師們希望他能痛改前非，所以才不提舊事，給他一個重新做人的機會。可是他卻沒有珍惜這個機會，叫老師說什麼好呢？他還聽見父親對老師說：希望再給他一個機會，並督促他向老師做了保證。父親哀求的口吻是那麼清清楚楚地顯現在他模糊的意識裡，使他忽然間覺得非常可笑。後來，他得了一個警告的處分。

阿康在很長一段時間裡再沒有偷竊，這一次經歷使他駭怕得很。他有時候會覺得自己是處在嚴密的監視之下，四周都是看不見的眼睛。可是，偷竊的誘惑卻是那樣不可抵禦，假如他遇到了一個合時合適的機會，哪一個女人漫不經心地將錢包放在最易得手的地方，他竟會痛苦得不能自已，渾身都起了雞皮疙瘩。男人的錢包通常不會吸引他，而去偷竊一個女人的錢包就好像要去占有一個女人那樣，使他心潮澎湃，欲念熊熊。這種強烈的欲望是以生理週期形式循環出現，在那高潮的時候，他簡直不敢上街，不敢乘車，避免去一切人多的地方，然而他很難敵過誘惑。而他畢竟有過人的聰敏，在他心情和平的時候，還有冷靜的頭腦可做出精確的判斷。他重新有過幾次得手而沒有失足，這漸漸滋長了他的自信。那種在極短暫的時間裡做出決斷的激動和緊張，使他很陶醉，敵過了他所面臨的危險。爲了尋找或者躲避這種行竊的機會，他離群索居，獨自在街上遊蕩。之後，直到他讀完初中，考上一所中等技術專科學校爲止，他已成了一名熟練的慣竊。

在他中專二年級的時候，「文化大革命」開始了，他沒有興趣參加運動，過著有時在街上有時在家裡的百無聊賴的日子。他沒有什麼朋友，只有一個外號叫大炮的同學，與他有些來往。那大炮是個貪小便宜又好吃的角色，與阿康來往並不排除從阿康處指點油水這樣的目的，他從不去考慮阿康怎麼會有這些油水，但日久天長，在大炮心裡便也油然生起對阿康的眞誠的感恩之情。阿康所以不反對和大炮往來，僅僅因爲揮霍有時需要有個同伴或者觀眾，同時，大炮對他的巴結也使他寂寞的心得到了安慰。有時候，他自己並不吃什麼，只是坐在一邊看大炮吃，大炮貪婪的吃相和諂媚的眼色使他心裡暖融融的。他還知道大炮老實而忠厚，就算被他看出一點破綻，也絕不會壞事，況且他是什麼破綻也看不出來的。在「文革」第三年的時候，一次清掃流氓阿飛的十二級颱風中，阿康終於被拘留了，據說，這次颱風將所有在派出所裡有紀錄的人都颳了進來。可是，在拘留所的那些寂寞難耐的日日夜夜裡，阿康將事情前後翻來覆去地想了幾遍，就覺得有些蹊蹺。他想在他多年前的那次小小失足算不上是什麼前科，絕不至於被颱風颳進。他覺得，有人一直在注意他並告發了他，是誰呢？如是警察、便衣，就不會等至今日，早早就落了網。他又想，能夠注意到他的人，一定也是精於此道的，想到這裡，他心裡不由地一驚，打了個冷戰。

有一天，吃午飯的時候，身邊有一個人輕輕地對他說：小姑娘，這碗飯好吃不好吃？他轉臉一看，見是一個剃平頭的男人，高鼻粱，長眉毛，有一口潔白整齊的牙齒。他心裡一動，卻不露聲色，嚥下口中的飯，慢慢地回答道：馬馬虎虎，譬如沒有飯吃呢，也就湊合吃吃了。那男人笑了，又說：大家一同吃，就好吃多了。他沉吟了一會兒，說：我一個人吃慣了。停了一會兒，又說，我只吃自己嘴邊的一口飯，吃不到人家的。那男人就伸過一隻手，與他握了握。這時他心裡便有些明白，這一個晚上，他沒有睡著，在徹夜明亮的燈光裡閉著眼睛，他隱約覺得，這個平頭的影子從此將跟隨了他，他想這是凶多吉少。他看出這是一個殺人都敢的角色。他的心怦怦跳著，說不出地害怕。有一刹那，他已經決定從此洗手不幹了。這時候，他才覺著悲哀，他想，這世界上還有什麼是有意思的呢！以後的幾日裡，他發現雖然他不認識這裡的人，可是這裡的有些人卻似乎對他不陌生，「小姑娘」、「小姑娘」地喊他。他心裡極度地緊張，表面上卻很平和，常常說一些笑話，逗得大家很樂。而在夜晚，他卻一個噩夢接著一個噩夢，一身又一身的冷汗濕透了襯衣，然後再焐乾。他發瘧疾似地一陣冷一陣熱，以爲自己得了重病。可是天亮以後，他又沒事人一樣，與人平靜地說笑著。

三個月之後，父親將他接了出去，在家待了不到一個月，就分配去了安徽。離開上海的時候，他的心情幾乎是愉快的了。

第二部

有一天，他對米尼說，這樣的日子，其實也沒什麼不好。米尼就說，隨便什麼日子，和你阿康在一起就是好的。阿康說不見得。米尼說見得。兩人「不見得」「見得」地來去了幾個回合，就滾成了一團。

牆角一隻小蟲唱著悅耳的歌曲，米尼感動地想：過去的日子再不要回來了。

五

米尼對阿康的父親說：從今以後，我總歸是阿康的人了，請你們不要趕我走。阿康在上海，我在上海；阿康去安徽，我也去安徽；阿康吃官司，我給他送牢飯。阿康的父母就說：你這樣一時衝動，將來要吃後悔藥的啊！米尼說：不會，我保證不會，你們不要叫我走，眞的不要叫我走。阿康的父母心軟了，他們看這姑娘對阿康眞心實意，就算將來要後悔，現在卻死心塌地。說不定有了這姑娘，阿康會變好。他們想到阿康自小也沒有一個親近的朋友，不由得很心酸，望了米尼淚眼婆娑的一張臉，他們久久沒有說話。

半天過後，父親一聲長嘆，說道：你們等在家裡，我去派出所打聽打聽。米尼就說：我也要去。父親瞥了她一眼說，人要問你是阿康的什麼人，你怎樣說？又沒有登記過的。米尼沮喪地低下了頭。

父親是下午的時候去的，傍晚才回來。兩個女人眼睜睜地望著他，等待他說些什麼。他坐在一把破損的藤椅上，情緒顯得很頹唐。靜了片刻，他才慢慢地開始說話。他說他先到本地段的派出所，派出所卻說並不知道阿康的消息，還反過來問道：這個人不是去安徽了嗎？他說是啊，可是春節時回來度假了。派出所同志又問有沒有申報臨時戶口啊？他說沒有。派出所同志就說：怎麼可以不報臨時戶口呢？上海這個城市是很複雜的，尤其是像阿康的這種情況——他截住了話頭，父親只得退了出來。在門口站了一時，定定神，決定去區的公安分局，依然什麼也沒有打聽到。當時，他說他就有點像瘋了似的，又跑到鄰近的區公安分局。其實心裡明明曉得這樣瞎找是沒有意義的，可是他卻控制不住自己了。說到這裡，他有些難爲情地笑了一下，顯得很淒慘，然後他又接著往下說。他問了一個區分局，問不著，就再去另一個區分局。他就好像乘公車汽車兜風一樣，幾乎跑遍了上海。假如走在路上時，看見有任何一個派出所，他也都要進去問一問。後來，他終於碰到了一個好人，他臉上流露出感動的神情，再一次說道，這是一個很好的同志——他問阿康父親：你要找的人戶口是在哪個地方，他說在安徽；那人就說，那你到上海市遣送站去問問。於是他就往遣送站去了。這時候，他是餓了渴了都忘記了，一心只想快點找到兒子，可是，他心裡其實又並不指望能夠找到兒子，他還想到：他這一世做人做得有什麼意義呢？他終於到了遣送站，找到負責同志。那人打開一大本花名冊，嘩啦嘩啦翻了一陣，說有你要找的人，可是昨天已經遣送回安徽了。他心裡陡地一驚，問道：是送回原工作單位，還是別的什麼地方？那人說是原地的公安部門。他還說：本來是可以在上海處理的，拘留或者服刑，可是上海公安局裡人實在太多，關不下外地人了，就送到我們這裡來，我們只好把他們送回去，反正，是亂烘烘的。阿康父親還想問他，當時是在哪裡捉的阿康，是怎麼樣的情況，有沒有打他，可是再一想，人都捉去了，問這些還有什麼意思，這人也未必知道，就不再問了。他疲憊不堪地靠在藤椅上，說他自己都不曉得是怎麼回來的，口袋裡的錢都作了車錢，還不夠，最後兩站路是走著回來的。他想買一只糖糕墊墊肚子都沒錢買了。母親就說：馬上就吃飯吧，飯已經燒好了，菜也熱過一回了。父親羞愧地一笑，說：現在卻又吃不下了。

第二天上午，米尼收到了阿康的信，是他離開上海時寫的，信中說，由於不便明說的原因，他馬上就要回安徽了，他很想念她，並且很對不起她，希望她能夠幸福，忘了他也不要緊的。最後說，後會有期，就結束了。米尼看了這封信，一會兒傷心，一會兒高興，哭一陣，笑一陣。她拿了信去給阿康父母看，說：你們看，阿康給我寫信，卻沒有給你們寫信，說明他已經承認我是他的女人了，所以你們不可以叫我走了。阿康的父母說：我們從沒有叫你走過，你如願意在這裡，只要你將來不後悔，我們沒有意見，只是我們不理解，你到底看中阿康什麼地方——他們遲疑了一下，然後接著說——他是個有污點的青年。米尼說：我不管，我不管這些閒事，我反正是阿康的人了。他們覺得這姑娘有些癲狂了，可她對阿康的感情，使他們很感動，就讓她留下來，同他們在一起生活。

由於阿康的緣故，米尼對他的父母感到親切。她想：既然不能和阿康在一起，和阿康的父母在一起也好的。她買菜、燒飯、收拾房間，空下來就給阿康織毛衣。她聽人說，只要判下來了，就可以去探監了。可是，什麼時候才判呢？現在，阿康又關在什麼地方呢？她想阿康，有時候想得心痛，實在按捺不住這想念的苦處了，她就跑出門去，在馬路上亂走一氣。在擁擠的人群裡鑽來鑽去，在首尾相接的車輛間很危險地穿插著。她直走到筋疲力盡，腳底打起血泡，鑽心地疼痛，才覺得平靜了一些。她的心情漸漸柔和下來，緩緩地想著阿康，想著他現在正做什麼。川流不息的人群從她身前和身後走過，她滋生出一個奇怪的念頭，她想：阿康去偷別人皮夾時，究竟是一種什麼樣的心情呢？這個念頭纏繞著她，使她剛剛平息下去的心情又騷動起來。她身上起了一層雞皮疙瘩，感覺有一種無形的危險正漸漸逼近，她手腳冰涼，在衣袋裡緊緊地握成拳，加快了腳步向家跑去。到家的時候，阿康的父母已經吃過了晚飯，收拾了飯桌，將一張白報紙鋪在桌上，研究裁剪的技術。兩人很專心地拿了一件舊衣服，在白報紙上比來比去，聽她進來，就問她到什麼地方去了，以後出去應當打聲招呼。她心想：你們怎麼也不問我吃過飯了沒有？嘴上卻並沒有說什麼，走到菜櫥那邊，準備盛一碗冷飯開水泡泡吃了。可是一轉念，返身拿了一只雞蛋，開了油鍋，炒起了蛋炒飯，心裡說：我才不跟你們客氣呢！她感覺到背後有兩雙眼睛在看她，故意手腳很俐落的，還切了蔥花，菜刀清脆地剁著砧板，噹噹作響，油鍋噼噼啪啪很歡快地爆著，房間裡剎那間充滿了香味。她盛了滿滿一碗，走到他們跟前，在桌邊坐下，說道：裁衣服啊？阿康父母本是爲了消遣，對裁剪實是一竅不通，讓她見了他們的笨拙，便十分窘迫，喃喃道：不過玩玩罷了。米尼就說：這個，我可以教你們的，然後又加了一句：別的就要你們教我了。他們不曉得回答什麼才好，將桌上的東西收拾起來，默默地坐著，聽她很有滋味地嚼著蛋炒飯。

米尼好不容易將飯嚥了下去，回到小房間裡，直想哭。她覺得她非常孤獨，她甚至開始想家。這時候，她發現她離家已有一個足月了，她想，家裡該怎麼找她啊；接著又想：這個月的生活費她還沒去向阿婆領呢！想到這裡，她的眼淚慢慢地回去了，她又鎭定下來。她決定回一次家，要了錢，再把她的衣服拿過來。不知不覺中，冬天已經過去，棉襖就要穿不住了。

這一天下午，米尼決定回家了。出門時，阿康的父親正在對面報欄看報紙，米尼本可以過去同他說一聲，可是爲了賭氣，就誰也沒告訴，兀自上了無軌電車。電車越來越駛近她熟悉的那條馬路，街上走的行人分明是她不認識的，可卻叫她覺得很親近，她想這是什麼道理呢？到站了，她下了車來，越往自家的弄堂走，腳步越遲疑，走到弄堂口的時候，乾脆停了下來。她想不出這一個月裡，家中會發生一些什麼，因爲想不出，就非常害怕回家。她希望這時候弄堂裡能走出一個她認識的人，好向他打聽打聽。可是待到弄堂深處眞有人走出的時候，她卻趕緊地走開去，躲進一爿日用品商店裡。弄堂裡走出的人，是住在她家樓下的小芳，她想起了小芳的爸爸。

她轉身過了一條馬路，又跑過了一條馬路，找到一個公用電話，給小芳爸爸打了一個傳呼電話。等待回電的時候，她心跳得極快，一會兒想：小芳爸爸會不會不在家，一會兒想：小芳爸爸如果在家會不會來回電，要是他不回電怎麼辦？她心急如焚，站也站不定。她想：怎麼這樣長的時候還沒有回電呢？要不要再繼續等下去？她每過一會兒就要伸進頭去，看看電話機旁邊的鐘，那鐘就像停了一樣。她再也等不下去了，她覺得不可能有回電了，她還懷疑傳呼電話的人根本沒有去傳呼，這種人往往是很懶的，總是要等積壓了一大疊傳呼條子，才一家一家去傳。想到這裡，她就覺得她等了那麼長時間都白等了。她離開了公用電話，朝回跑去。她想，她應當跑到她們弄堂所屬的那一個傳呼電話間去，如果小芳爸爸出來回電，一定是在那裡給她打電話。如果電話間裡的人根本沒有去傳，她可就對他不客氣了，她認識那人，是個社會青年，瘸子。她還沒等跑進傳呼電話間，就一眼看見小芳的爸爸。

這電話間是設在一條弄堂口，旁邊有一個老虎灶。弄口前是繁華的馬路，汽車開來開去，喇叭噠噠地叫。小芳爸爸站在電話間窗口外面，一隻手指頭塞在耳朵裡在打電話。他好像剛從床上爬起來，頭上戴了頂毛線壓髮帽，沒穿棉襖，只在毛線衣外面套了件棉背心，腳下是一雙拖鞋。米尼用手堵住嘴，眼淚流了下來，她想：現在這世界上，小芳的爸爸是她最最親的人了。

他們兩人來到一個合作食堂，要了兩碗小餛飩。米尼一直在流淚，說不出話來。她一邊哭一邊吃著小餛飩，直到一碗餛飩吃完，才漸漸止了眼淚，說出話來。起先，她因爲不知道該從哪裡開頭，她說得很亂，常常叫人摸不著頭腦，甚至她自己也說不下去了，就停了下來，心裡茫茫然一片。可是小芳的爸爸十分耐心地等待著，很風趣地鼓勵她，說：講錯也不要緊的，可以重講。她不禁破涕爲笑，慢慢地鎮定下來，將事情從頭至尾敘述了一遍。她既是說給小芳爸爸聽，也是說給自己聽。這是事到如今，她第一次地，將事情前後順序好好地理了一遍，她暗暗吃驚道：難道這眞是發生在我身上的嗎？這怎麼能夠教人相信呢？離開鄉村的那一個夜晚竟還這樣清晰，三星從頭頂上流逝，那一幅情景好像夢境似的，而她現在究竟到了哪裡？

兩個女人穿著骯髒的白衣服，一胖一瘦，在揭了鍋蓋的炒麵跟前說話，黃煎煎的炒麵在午後陽光下發出油膩的亮光。她們說的是什麼呢？聽起來那樣地不可理解。小芳爸爸的面目也漸漸模糊起來，米尼甚至懷疑這個人是否是她認識的。說完之後，她就怔怔地坐在那裡，心裡充滿了迷蒙的感覺。這時候，小芳爸爸說話了。他說：米尼，咱們還是回家吧。他用了「咱們」這兩個字，使米尼受了感動，可是，爲什麼要回家呢？她問。你這樣是很危險的，小芳爸爸說。她笑了起來，說她看不出有什麼危險，倒請他講講看，怎麼是危險了。小芳爸爸沒有笑，他板著臉說：你不要繼續發神經病了，現在回頭還來得及。米尼困惑地說道：小芳爸爸，從來沒見你這樣嚴肅過，你是在給我上課啊！說著，她又笑了。小芳爸爸光火了，他拍了一下桌子，說，你現在就跟我回去。我不回去！她高聲叫道。門口那兩個女人什麼也沒有聽見，繼續說著她們的事情，咧開嘴笑著。小芳爸爸紫著臉，要去拉她，她卻撒野地用餛飩湯潑他。這時候，她卻看見小芳爸爸眼睛裡有了閃閃的淚光。她不再鬧了，卻依然強著脖子，說：我不回去。停了一會兒，小芳爸爸努力嚥下一口唾沫，只見他瘦長的脖子上那顆核桃艱難地蠕動了一下。然後，他說：米尼，你現在如不跟我回去，以後就再難回去了。他的話裡有一種非常沉重而眞實的東西，觸動了米尼，她軟和下來，說道：小芳爸爸我不回去，我眞的不回去，回去有什麼意思？回去眞是一點意思也沒有的。小芳爸爸說：米尼，人活一世，本是沒什麼意思的，只要不遭遇大的災難，平安度過就是萬幸，你這樣小的孩子，我對你說這些你大概聽不懂，可是你要相信我這把年紀，是可以做得你的父親還多的。說到「父親」兩個字，兩人都湧上了眼淚。米尼搖著頭，淚水瑩瑩地閃著光芒，她說：小芳爸爸，你的話我眞的聽不懂，如果沒有意思，又何苦非做完一世人生呢？又沒有人強迫我們，黃浦江沒有蓋蓋子，我不管別的，我只要阿康，和阿康在一起，開心。開心這一件事，就像是下飯的小菜，人要活著是靠飯，有沒有菜其實是無所謂的。小芳爸爸說了這句話竟流出了眼淚。人活一世眞是太不開心了！米尼嚷道。阿康不會叫你開心的！小芳爸爸叫道。會的，比你會，比你會得多！米尼叫。小芳爸爸像一只洩了氣的皮球，癟癟地坐在凳子上，兩隻手上全沾滿了油膩的餛飩湯：看來我是拉你不回頭了，你這樣不聽大人的話，教人很難過啊！米尼說：我打電話請你出來，是想讓你幫我個忙，和我阿婆說一聲，說我結婚了，說到「結婚」兩個字，她的臉忽然煥發了一下。她停了停，繼續說道：你代我說，或者就以你的名義，你說，阿婆應當說話算話，每月給米尼生活費，她現在還沒有工作啊。然後你再把我的四季衣服要出來，說一個時間，我來拿，要是你忙，讓小芳或小芬送出來也可以，不過，最好是你自己，你待我就像我自己的爸爸。這是我的地址和傳呼電話。她說話的時候，小芳爸爸一直沒有抬頭。米尼柔聲說：我的話，你聽清楚了嗎？他還是沒有抬頭，過了許久，他站起身，兩手撐在骯髒的桌面上，向米尼伸出脖子，兩眼瞪了她，一字一句地說：我數到三，數到三的時候，你必須跟我回去：一、二……他數完「二」，停頓了很長時間，然後慢慢地吐出了「三」。米尼說：我不回去。小芳爸爸立直身子，再沒看她一眼，拂袖而去了。

過了三天，米尼收到傳呼電話，沒讓回電，只要她下午三點鐘，去「紅星」合作食堂門口，有人等她。她在合作食堂門口看見了小芳小芬姊妹倆捧了一只旅行袋，東張西望的，見她走來，臉上表情有些怯怯的，好像不認識她了似的。她從她們手裡接過旅行袋，還有一個信封，裡面有一百元錢，還有一份聲明，表示家裡從此不再承認有她這個人了，下面有阿婆的圖章。她輕蔑地一笑，將紙團了，扔在馬路上，與小芳姊妹道了別，轉身走了。

這一回，連米尼都知道，是再也回不去了。她氣昂昂地，頭也不回地在人群熙攘的街道上走著。由於意氣用事，心裡反沒有疑慮，甚至覺得前途非常光明，連日來愁苦的心情驟然間煙消雲散，清水一池。那天的太陽也很好，明晃晃地照耀著，風吹在臉上，格外地暖和，春天到了。

然後，米尼就懷疑自己是不是懷孕了。她將自己的疑心告訴給阿康媽媽，向她請教，這是怎麼回事。心裡還有一層意思，是向他們證明，她千眞萬確已是阿康的人了。這件事情使阿康的父母都鄭重起來，他們商量了幾個晚上。考慮要怎麼辦。他們對米尼的心情是相當複雜的。米尼對阿康的眞情使他們感動，心想：像阿康這樣有劣跡的孩子，竟有姑娘愛他，這是多麼難得的事情啊！可是，緊接著他們又想：愛阿康這樣有劣跡的孩子的姑娘，又能是什麼樣的姑娘呢？這又使他們對米尼懷有了成見。並且，他們對米尼毫無思想準備，她的所有行爲都使他們感到突兀和困惑不解，尤其是阿康的父親，自從他退職的那一日起，他就失去了他的社會生活，在一間三個人的蝸居裡，他簡直不知道外面的世界竟還有米尼這樣的女孩。他發揮他最大限度的想像力，也對米尼做不出判斷。幸而他還有一點謙虛和自卑，時常懷疑自己，是不是自己什麼地方出了問題？這樣便有效地克制了本能上對米尼的排斥，至少保持了中性的態度。現在，他們只得接受米尼這樣一個事實了。夜裡，他們背了米尼，討論著小孩子的事情。第一步是要去醫院檢查，於是，立即就碰到了問題：他們沒有結婚證明。這使他們煩惱了很長時間，他們想到，假如被醫院查出是非法同居，這將是多麼要命的事情！阿康已有前科，吉凶未卜，弄不好就罪上加罪，而米尼作爲一個姑娘，對她就更不好了。這時候，他們共同想起來米尼還是一個未滿二十歲的女孩子，前面還有很長的道路，不由動了惻隱之心。再由於她身體中孕育的生命，與他們有著血肉的聯繫，因而對米尼產生了溫存的心情。他們近乎絕望，早晨起來臉色黯淡。不料米尼先對他們說：她要到醫院檢查。他們只得將這問題提出，米尼卻說：她和阿康是合法婚姻，不過還沒來得及登記罷了。醫院若要問起，就說在安徽登了記，結婚證沒帶，誰又會天天帶著結婚證，又不是汽車月票。她這一番話說得他們目瞪口呆，他們不相信事情會是這樣簡單，可又說不出複雜在什麼地方，就只得由米尼去了。米尼去了一上午，阿康爸爸伏在窗口，望眼欲穿地望了一上午，各種各樣糟糕的情景輪番在他腦海裡上演著。他心裡恍恍惚惚的，作夢似的，什麼都變得有些認不出了。他想他這大半生的日子，循規蹈矩，從不越雷池半步，如今全叫兒子和這女孩弄亂了。他惴惴不安，隨時都覺得有什麼禍事要發生了。時間一點一點過去，米尼沒有回來，他無心做任何事情，他想：米尼一定出事，這是多麼丟醜的事啊！他想到這個就害怕和羞慚得發抖，他們已經出了一樁事，眼看著又要出第二樁，這眞正是家門不幸，他前一世作了什麼孽呢？他簡直要捶胸頓足，可是不敢。他只是愴愴然的，覺得非常哀傷。中午的時候，米尼的身影從對面街角慢慢地出現了，手裡拎了一只網兜。她走在正午的太陽底下，臉上和身上的光影十分明亮，有一剎那，他甚至有一些感動，他想：一個女孩朝他們家走來了。他離開窗戶，來到樓梯口，推開門，等待她上來。他覺得等了很長時間，不知她爲什麼要走得那麼慢。米尼終於在黑暗的樓梯上出現了，他急切地問她怎麼去了這樣長時間。米尼說從醫院出來她又去菜場逛了一圈，菜場裡照例是沒什麼東西。後來她遇見一個鄉下人，站在馬路邊，笑嘻嘻的，她站住了腳，鄉下人就問她要不要甲魚，她說要。鄉下人將她引進一條弄堂，敲開一扇後門，門裡有一個顯然是保姆的女人，從天井裡拖出一個蒲包，裡面有幾隻甲魚，她挑了其中最好的一隻。阿康父親忍不住打斷了她，問醫院裡到底說了什麼沒有。米尼說醫生檢查和化驗證明確實是有喜了，所以她就要買甲魚來吃，補補身體。現在，她吃什麼，都不單是爲自己一個身體，而是爲兩個身體，另一個身體就是阿康的孩子。阿康父親又問醫院裡還說什麼沒有，米尼說還讓她定期到醫院去做檢查。他就覺得很奇怪，醫院的這一關竟這樣容易過了，反有些教人不放心的地方。阿康母親下班回來，聽到結果，也很高興，就要幫忙動手燒晚飯。看見了水斗下面的甲魚，還活著，用一根鞋底線繫了腳，緩緩地爬過來爬過去，就心情很好地說：這東西怎麼敢吃啊！米尼回答說，這是給她補養身體的，她從現在起就要注意身體，這不僅是爲她個人，更是爲了阿康的兒子，她這樣稱呼肚子裡的小孩。

阿康母親就有些尷尬，可也不好說什麼，站在一邊，看米尼處理那甲魚。那甲魚好像預感到末日的來臨，將頭縮進殼內，再不伸出。米尼就用一隻竹筷逗引它，叫它咬住了筷頭，然後拖住筷子將它的頭牽引出來，同時手起刀落，這甲魚來不及將這悲慘的經驗傳達給下一代，一顆小頭滾落了下來。阿康母親不忍再看，轉過了眼睛。晚上，飯桌上那一碗清燉甲魚使得氣氛很窘，米尼硬給兩個大人各搛了一塊，就獨自吃了起來。阿康的父母囫圇吞棗地吃下那塊甲魚肉，不記得是什麼滋味，然後就匆匆地扒飯。米尼心裡說：「你們可以代我吃肉，卻代不了我生孩子啊！」她對生孩子這一樁事感到新奇而又驕傲，一旦想到這是阿康的孩子，心裡就又溫存又酸楚，幾次眼淚湧上眼眶又嚥了下去。她細心而又傷感地吮著甲魚細嫩的骨頭，把湯喝得一乾二淨。這時候，她感到很踏實也很平靜，她心裡只有一個念頭了，那就是她要給阿康生兒子了。

阿康的父母提醒自己，阿康將要有一個孩子了，而他們畢竟對這消息感到隔膜。他們覺得，阿康的孩子孕育在一個使他們感到陌生的女人身上，就像是冒牌的一樣。這個女人在他們獨守了三十年的三層閣樓上晝夜地活動著，使他們有一種受了侵犯的心情。他們有時會想：這個女人是誰呢？她究竟要在這裡住多久呢？他們曉得他們是應當爲即將來臨的孫子高興的，這是一樁喜事。於是他們就努力提高了興致，繼續討論孩子出生的問題。他們想到了這孩子的戶口，他將隨了母親報一個農村戶口，而無論如何，阿康是他們惟一的孩子，在上海總歸要有個長久房間。難道他們就像現在這樣住隔壁的小房間嗎？難道他們永遠就要在一起生活嗎？想到這裡，他們心情都有些黯淡，覺得他們被侵犯的日子將沒有盡頭了。在下一個夜晚裡，他們想到了調房，把現在的房子一處調兩處。這個念頭振作了他們的精神，儘管遠遠不知從何去著手，可是卻已看見了希望的曙光。

阿康沒有消息。米尼已經將對阿康的想念轉移到了腹中的嬰兒身上。她把自己的毛衣拆洗了，織成嬰兒的衣服。她按期去醫院檢查身體，腹部日日夜夜地膨脹起來，她輕輕摸著腹部，心裡說道：阿康，阿康，你怎麼到我的肚子裡去了？她被這個念頭引得笑起來，笑著笑著卻流下眼淚。她漸漸穿不下自己的衣服，只能穿了阿康媽媽的長褲和罩衫。阿康媽媽說：這也是她懷阿康時候穿的衣服，兩人都笑了起來，笑過之後又哭了，兩個女人這時候感到了親近。可這親近的感覺轉瞬即逝，她們還沒擦乾眼淚，彼此又淡漠下來。米尼挺著大肚子，神色莊嚴地在房間裡緩緩行動，她連說話都放慢了速度並放低了聲音，好像怕驚擾肚子裡嬰兒的熟睡。於是家中不由就彌漫了一股鄭重的氣氛，似乎每一個行爲都不再是輕率的，而將是決定命運的。阿康的父母時時覺得受了拘束，本來就是小心翼翼的性格，現在簡直無所適從。這一天，阿康父親失手將飯鍋摔了，飯鍋砸了地上的罈子，發出

「乒令乓朗」一串巨響。米尼受了驚嚇，變了臉色。她雙手捧著肚子，說道：魂都要教你嚇出來啦！阿康父親因爲闖了禍，一心羞愧，很不得有個地洞好一頭鑽進去。阿康的母親卻說，你放心好了，這麼點聲音，嚇不了你的。米尼說：嚇了我不要緊，嚇了小孩可不得了，這也是你們自己的孫子啊！阿康的母親就說：孩子並不是那麼輕易就可嚇掉的，我也不是沒有懷過孩子，臨生產還擠公共汽車上班呢，阿康不是好好的？米尼冷笑道：好什麼好，不過是個坐班房的角色！阿康母親動了火，立即反唇相譏，說即便是坐班房的角色，也不乏女人窮追不捨。米尼也不饒人，兩人一句去一句來，無論阿康的父親如何勸解也勸解不開。直到雙方都吵累了，又因勢均力敵，分別都有勝利的感覺，並想到，由此開了頭，往後還可繼續吵下去的，就不勸自休，各自退了場。米尼是吵慣嘴的，雖動了眞氣，卻很善調節，不一會兒就平息了。而阿康母親卻是有生以來頭一回跟人吵嘴，她又興奮又激動，蒼白了臉，眼睛灼灼發亮，很久不能平靜。她想她受這個小女人的欺負已有很長的日子了。很長的日子以來，她竟都忍了下去，她再也無法解釋她的好脾氣了。她想，抵抗的日子來到了。她向來爲人師表，很注重表現，事事又很忍讓。這一回，她卻在和米尼的吵嘴中嘗到了甜頭。她坐在自己的房裡，心頭湧上了許多道理和措辭，她後悔方才沒有將這些都講出去，那將是很有力的。她興奮得紅了臉，有些坐立不安，立即就想跑過去，再和米尼吵一場。可是，長年來做一個教師的修養終於使她克制住了。

自此，米尼和阿康母親的爭端就開頭了。阿康的母親好像時時在尋找和等待機會，好與米尼吵嘴。即使是上班的時候，想到回家後可與米尼吵嘴，她也會生起一股衝動。只須一點小小的事由，兩人就可大大地吵上一場。每一場吵嘴揭幕的時候，阿康的母親就熱烈地想：要將她置於無法招架之地。可是收場以後，卻總是留下遺憾，使她懊惱不已，於是盼望著下一次較量。之前，她都要進行備課一般的準備，之後則是反省。她向來很容忍的性格忽然變得狹隘而進逼，怒氣沖天。她無意中將她多年來的不如意和不快活全都歸咎於了米尼，覺得她是罪魁禍首，她甚至懷恨米尼體內的嬰兒，認爲正是這嬰兒，才固定了米尼和阿康的關係，使之不可扭轉。米尼曾經有過退讓的念頭，可她很快發現，她是無路可退。當她迴避阿康母親的挑釁時，阿康母親反會更加狂怒更加饒不過她。如果憑了米尼以往的洞察和幽默，她是可以像看戲一樣輕鬆得意地欣賞這女人的表演，在必要的時候則做一些挑動，使她更爲失態。同時，也會因同情心的驅使，領悟到這女人的不幸，而原諒了她。然而此時的米尼，由於妊娠的反應，由於對阿康不可抑制的想念，更由於身處孤獨無助的環境，她也無法不失態了。她被這女人氣得發瘋，她直想殺了這女人，爲自己報仇。她想：她明明知道我將要生育阿康的兒子，卻還要來氣我。她還想起沒有這女人在時，她和阿康兩人相守的短暫的日子是多麼快樂無邊。她認定她和阿康的快樂日子全是這女人一手破壞的，如今她是多麼孤獨啊！她不由怒火中燒，什麼樣刻毒的語言都從嘴裡吐了出來。她的言辭極其下流，令阿康父母不及掩耳。這時候，阿康的母親便不得不趨於下風，因她畢竟受過教育，又畢竟年長，在無恥這門功課上面是遠不及自小在下層市民中成長、又在農村滾爬了兩年的米尼。並且，她的智能與口才也大大不及米尼，到了後來，米尼的優勢就越來越顯著而不可動搖了。

阿康的母親開始動別的腦筋了。她每天只給極少的一點菜金，讓阿康的父親去安排一日三餐。自從阿康父親退職以後，一直是由她掌握家庭財政大權。過去，她只抓大原則，細節很少過問，都由阿康父親操持。如今卻不同了，她每天晚上都要記賬，親自安排第二日的開銷。飯桌上一連幾天只有雪裡蕻炒肉絲，且肉絲少得可憐。別的米尼都好開口，惟有經濟這一點上，米尼自覺理虧。她想自己本是個吃閒飯的，給你吃就算不錯了，再沒有資格爭肥撿瘦。這些日子，阿康母親倒熄了火，心情也好了起來，喜氣洋洋的。米尼恨得牙齒都快咬碎了，而她又找不到一點理由和阿康母親吵嘴。阿康母親樣樣都很順著她來，甚至當她出言不遜的時候，也裝聾作啞地含糊了過去。米尼一籌莫展，脾氣上來時眞想一把火燒了房子，大家死在一起，可是想到阿康，又捨不得了。阿康的音容笑貌常常在夜深時分浮現在她眼前，令她心痛不已。她用手捶著床沿，暗暗叫道：阿康，阿康，你在哪裡啊！她漸漸地感到了虛弱，做什麼都很懶怠，情緒極其低沉。這一天，她沒有吃午飯，躺在床上，靜靜地流著淚，絕望地想道：阿康，你再不回來，我就要死了。屋裡靜靜的，窗外明媚的陽光照耀在樹葉上。她想，她頭一回來這裡時，這樹上還沒有葉子，光禿禿的，現在已經綠蔭遮天了，可是，阿康在哪裡呢？她昏昏欲睡，忽聽有人輕輕地叩門，然後，門悄悄地開了。她以爲阿康來了，睜開了眼睛，卻見阿康的父親站在床前，手裡拿了兩個煮熟的雞蛋。她一躍而起，奪過那兩個雞蛋，朝了窗戶摔去。阿康父親驚得說不出話來，伸出一隻顫抖的手，點了米尼連連地說：你，你！米尼冷笑道：不需要你來做好人，你們都是一票貨色，都是狼心狗肺的東西，你聽著：你這個老不死的！從今以後，我算是你們的房客，我住一天，就付你們一天的生活費，阿康出來，就不再是你們的兒子，小孩生出來，也不再是你們的孫子，你們從此斷子絕孫。阿康不會認你們的，阿康喜歡我，阿康爲了我，什麼都肯做的。說到這裡，她臉上浮起了夢幻般的驕傲的笑容。她踢開被子，穿上了鞋，鞋帶勒住了她浮腫的腳面。阿康的父親依然指著她，說不出話來。她站起身，輕蔑地撥開他的手，出門下樓了。

阿康的父親追到樓梯口，叫道：你上哪裡去？沒有人回答他，樓梯裡黑洞洞的，轉眼間連腳步聲也消失了。這一天，從早上起，阿康的父親一直在想著，要與米尼說一些話。這些日子，其實惟有他才是清醒的。他曉得這兩個女人已經控制不住自己了，他曉得她們所控制不住自己的原因在哪裡，他覺著是與他有著關連的。當兩個女人針鋒相對，劍拔弩張的時候，他一直在痛切地回顧他們的生活。他既憐憫女人，又憐憫媳婦，他覺得她們都是那麼不幸，他被不幸包圍了起來，是比沉醉在戰鬥中的她們更爲痛苦的。兩個女人的熱戰和冷戰，他均一目了然，可是他無所作爲，他不知他能夠做什麼。他憂心忡忡，日夜不得安眠。他想了多日，直到這一日，他決定要和米尼說一些話。他在心裡打了無數遍的腹稿，他想只要開頭開得好，他是可以和她談到深處的。他要告訴她，阿康的母親不是一個壞人，只是長期的不快樂使她變態了，而這不快樂僅是他造成的，由於年輕時一樁小小的疏忽。他也有和她與阿康一樣年輕的日子，希望她能原諒。他還要告訴她許多關於阿康小時候的故事，以及他們這個家庭的故事。他覺得她是可以理解的，如果她理解了，也許一切都將好轉。他懷了惴惴不安而又熱切的希望煮了兩個雞蛋，這兩個雞蛋是他用少得可憐的一點私房錢買來的。可是，他準備了多日的一幕情景卻毀在旦夕之間，他連想都來不及想一想，一切全結束了。

米尼走在街上，流著眼淚，她的心很痛，阿康父親謙恭的神情這時全出現在眼前。她不明白她方才做了什麼。她的心其實是很需要安慰的，已等了很久。這老頭，這老頭啊！她哭著在心裡想，爲什麼他們不能成爲眞正的女兒和父親，就像她和小芳爸爸那樣的。有沒有這種可能呢？可是她將這可能全破壞了。她哭了很久，漸漸好了，心裡非常平靜，開始回想她剛才衝動之下發表的宣言，不由得發起愁來，她用什麼去交生活費呢？她的積蓄加上阿婆最後給的一百元錢，已陸續用了不少，今後再不會有進賬了，而她說出口的話是絕不打算收回的。想到這一點，她不由昂起頭來，她是不會屈服的。

這天，在商店裡，有許多人爭著買線綈的被面，幾乎將櫃檯擠碎。她從一個女人的兩用衫的斜插裡拿了一只皮夾，她沒想到這一切是那麼平常和簡單，沒有一點驚心動魄的意味，她連心跳都沒有加速。她拿了皮夾後，還在櫃檯前逗留了一會兒，才慢慢地走開。

當她回到家裡的時候，收到了阿康從安徽皖南的一個勞改農場寄來的信，說他因偷竊判了三年勞教，希望米尼看在舊情的分上，能夠來探望他。

六

三年裡，米尼的希望從未泯滅過。只要阿康在，無論是天涯海角，她就什麼也不怕了。她和阿康的父母分開吃飯，她吃她的，他們吃他們的，每月的房租水電，他們沒有教她付，算是貼給阿康兒子的生活費。米尼也不客氣，心下還覺得他們貼得太少了。他們從來不去過問米尼的生活來源，心裡曾經疑惑過，可是想到米尼在香港還有父母，在米尼的口氣中，那一對父母還顯得相當闊綽，也就心安理得了。只有米尼自己知道她的錢從什麼地方來。她是要比阿康機敏得多，也鎮定得多，她從不重複在一地方做「活」，太過冒險的「活」她絕不做，她總是耐心地等待最良好的時機。假如說阿康做「活」往往是出於心理的需要，米尼可就現實得多了。然而，在她做這種「活」的時候，會有一種奇異的感動的心情，就好像是和阿康在了一起。因此，也會有那麼一些時候，她是爲了捕捉這種感覺而去做活的，那往往是當她因想念阿康極端苦悶的日子裡。而即使是這樣的不能自律的情況之下，她依然不會貿然行事。阿康在這行爲中最陶醉的是冒險的意味，於米尼則是從容不迫的機智。我們這世界上有多少粗心大意的人啊！他們往往吃了虧也不知道亡羊補牢。他們認爲，以概率來計算，一個人一生中絕不會被竊兩次以上，他們便因爲已經被竊了一次反更放鬆了警惕，以爲他們倒楣過了，下回就該輪到別人了。而竊賊們也幾乎是個個糊塗，其實，竊賊們本是次次都能得手，只須小心謹愼，不要操之過急。可是，事與願違，所有的竊賊都缺乏小心謹愼的精神。他們沒有良好的自制力，情緒往往失控，都患有程度不同的神經質和歇斯底里。他們有些像中了毒癮似的，一旦念頭上來，便無法克制，否則就惶惶不可終日，猶如喪家之犬一般。倘若他們有一次看見了一個錢包而沒有得手，就好像自己丟了一個錢包那樣懊惱和喪氣，痛心萬分。他們的父母、老師、兄姊，以及教養院和監獄裡的管教隊長無數次地告誡他們：偷竊是不勞而獲侵犯他人的可鄙的行徑，是黑暗的生活，是寡無廉恥的人生。他們無數次地被感化，流下悔恨的淚水，發誓要自新。可是他們中間幾乎沒有一個能夠遵守自己的諾言。他們似乎管轄不了他們的行爲，他們的行爲是在意識之外。他們大多都是善良的人，幾乎每個人都有同情被竊者的經歷，見到他們失竊之後呼天搶地幾不欲生的樣子，便佯裝拾到了錢包而送還給失主，演了一齣拾金不昧的小劇，而轉眼之間，他們又創造了另一個偷竊的奇蹟。他們能從人最隱祕的口袋裡掏出珍藏的錢財，這樣的時候，他們就很驕傲。他們這些人大多有著愚蠢的好勝心，爲一些極無聊的緣故就可驕傲或者自卑。他們有時候僅僅是爲了顯擺自己的本領，而去無謂地冒險。這樣的虛榮心一旦抬頭，他們就失去了判斷力，在最不恰當的時間地點動手，結果失足。他們悔恨不已，痛罵自己，拘禁或服刑的日子苦不堪言，渾身充滿了莫名的衝動。他們像困獸一般東衝西撞，打人或者被人打。慢慢地他們又平靜下來，在小小的監房裡發揮他們的伎倆，將鄰人可憐的積蓄和食物竊爲己有，在此，才又重新領略了人生的滋味。待到他們終於熬出了日子，他們則成了十足的英雄。監禁的歷史成爲他們重要的業績和履歷，在他們的兄弟道裡，地位顯著地上升。他們爲了補償獄中荒廢的時光，就變本加厲，從早到晚，一直在街上遊蕩，伺機行事，生疏了的手藝漸漸恢復，生命力在他們體內活躍起來，得手的那一刻簡直陶醉人心。然後他們成群結夥到飯館和酒店去揮霍，所有他們不曾嘗過的滋味他們都要試一試。這樣的日子是多麼快樂，他們一個個手舞足蹈，忘乎所以，將那監房裡的淒苦拋之腦後，注定了他們下一次的失足。

　　而米尼是例外的一個，她從不被那些虛妄的情緒所支配，她永遠懷著她實際的目的。她的頭腦始終很清醒，即使在勝利的時刻，也不讓喜悅沖昏頭腦。她不肯冒一點險，可是從不放過機會。她具有非凡的判斷力，能在極短的時間裡判明情況，做出決定。她不會爲一些假象所迷惑，常常在最安全的情況中看見了最危險的因素，最有利的時機裡看見了不利的因素。而她還具有超群拔萃的想像力，極善創造戲劇性的效果。又由於天性中的幽默趣味，像一個諷刺大師，懷了譏嘲的態度去進行她的偷竊。譬如她偷了鄰人一條毛料西裝褲，堂而皇之帶了阿康家的戶口簿去信託商店寄售，售出的通知書正是那位失竊的鄰人交給米尼，米尼說好好的一條褲子，若不是無奈，她是決不捨得賣掉的，那鄰人便也很感慨，回憶著他也曾有過的同樣一條褲子。她還偷過商店裡揮旗值勤的糾察口袋裡的零錢，雖然不多，卻讓她好好地樂了一陣。由於她漸漸地精於此道，便也發現了與她做同樣事情的人，令她驚異的是，做這樣事情的人原來很多，也很平凡，就在我們身邊，她的眼睛注意到了另一個世界。他們的行爲被她盡收眼底，而她卻決不在他們面前露餡。她深曉如若與他們合夥，就會帶來危險。並沒有人教她這些，她只是憑自己健全的頭腦準確地推想了這些。她聽說過那些黑幫內幕裡的被強烈渲染的故事，她決不能加入進去。從此，她的警戒就多了一層，她的困難也多了一層，可這使她興致勃勃，精力旺盛。她有著奇異的運氣，從來不曾失足。曾有幾回，她也遇到緊急的情況，她心想：這一回是完了，然而最終卻化險爲夷，安然過度。她想這大約是阿康在護衛她。阿康在代她吃官司呢！她溫暖地想到。她溫情融融地買來麥乳精、餅乾，用核桃肉、黑芝麻做好炒麥粉，縫成郵包，給阿康寄去。阿康來信，滿紙辛酸地請求她等他，說如果她不再等他，他就活不了了。他說他在那裡的日日夜夜，一直在想她，不想她的話，這些日日夜夜就沒法過去了。米尼回信道：他怎麼會有這樣奇異的念頭？她不等他了。她如不等他她還能做什麼呢？這些同樣多的日日夜夜，如不是等他，她又將怎麼打發呢？除了寫信，她還加倍以行動表白。她向左鄰右舍借來日用卡購買白糖，買來豬油熬煉，裝在廣口瓶裡，釘成木箱，郵寄過去。她為阿康寄郵包花再多的錢也在所不惜。

這是米尼和阿康最最情眞意切的日子，他們兩人遠隔萬水千山，相依為命。他們誰也缺不了誰，互相都是對方的性命，除去離別的苦楚，他們幾乎感到了幸福。只要那邊寄來探親的條子，無論酷暑還是嚴寒，米尼從不放棄。她帶了大包小包，背了兒子，乘坐八個小時的長途汽車，再乘兩小時的手扶拖拉機。汽車到達總是天近黃昏的時刻，開拖拉機的農民便趁機大敲竹槓。用拖拉機載犯人家屬去農場，或從農場載犯人家屬去車站，是這一帶農民的副業。最初是義務的，憑了默契收一些香菸、肥皂、白糖，後來漸漸就開始收錢，並且有了規定的價目。她終於到達了地方，坐在招待所裡，等待著阿康下工回來。這時候的等待是最焦慮不安的了，她不由心動過速，生出許多不祥的預感。她想：阿康會不會突然犯了紀律，被取消接見；她還想，阿康會不會突然得了重病？她六神無主，失魂落魄。孩子很安靜地坐在床上吃東西，他只要有的吃，就很安靜，一邊吃，一邊動著腦筋，很快就會創造出一幕惡作劇。這時候，她無法相信，她還能看見阿康：阿康你是什麼樣子的，我怎麼一點也想不起來了？

他們可以有兩個銷魂的夜晚，他們徹夜不能安眠。孩子靠牆睡著，連日的奔波使他睡得很熟，完全不知身邊發生了什麼。他們哭著，笑著，極盡溫柔纏綿，一夜勝過一百年。他們回顧著往昔的歲月，又憧憬著未來的情景，獨獨不談眼下的日子，眼下的日子多麼愁苦，他們兩人全是不喜歡愁苦的人。他們視愁苦爲罪惡，認爲人生裡最最沒有意義的事情就是愁苦。他們不得已地熬著愁苦的日子，全爲了未來的快樂的日子。偶爾米尼要問及阿康在這裡怎麼樣，阿康就說：我很好，不像有些人。有些人怎麼樣？米尼問。吃官司也不會吃的，阿康說。要是阿康問米尼現在怎麼樣，米尼就說：自力更生，豐衣足食。阿康要再問及他的父母，米尼則說：他們是有貢獻的，那就是生出了阿康你，現在他們正在吃老本。然後他們就不再細問，一逕沉默在轉瞬即逝的快樂之中。久別重逢的感傷情緒過去之後，他們立即又恢復了原先的調侃的本領。他們將自己拿來充當嘲諷的材料，以他們可悲的處境爲題目創造出許多笑料。這是他們苦中作樂的凡人不及的本領，笑話從他們口中源源而出，永不枯竭。他們覺得在這勞教大隊招待所的硬木床上做愛是非常難得的事情，幻想將來成爲偉人的時候，這裡將闢爲參觀勝地。如他們成不了偉人的話，他們的兒子應當繼承他們的事業，這一個兒子不行的話，就讓下一個兒子繼承，他們家中總該有一個偉人，否則不是很不公平？他們這樣亂七八糟地說著，樂不可支，他們感動地想道：沒有男人或者女人的日子是多麼黯淡。他們忽又變得情意綿綿，絮絮地說著情話，眼淚潺潺地流淌。這時，第一線曙光照進了窗戶。

孩子已經醒來，睜著雙眼，他不知道父母在哭鬧些什麼，想著他自己的事情。忽然他咧嘴一笑，流露出一股險惡的表情。晨光最先照亮他的臉，其次才照耀他的父母。他的父母在黎明的時刻才匆匆瞌睡片刻，他們臉上流露著病態的潮紅，潮紅下是一片青白，他們汗津津的，頭髮很蓬亂。分別的時刻馬上就要到了。

歸途是那樣漫長而枯寂，這是最最萬念俱灰的時刻。拖拉機在丘陵地帶的土路上顛簸，隆隆的機聲淹沒了一切。孤零零的柏樹立在起伏的田野上，凜冽或者酷熱的風撲面而來，不一會兒，她就塵土滿面，衣衫不整。漫漫的等待從此又開了頭。她是多麼孤苦啊！

在這孤苦的日子裡，只有一個人時常來看望她，那就是阿康的同學大炮。

大炮因爲生了肝炎，又從急性轉成了慢性，於是就沒有分配，在家裡待業。他的父母都是普通職員，有一個姊姊早已出嫁，經濟條件尙可，至少是吃穿不愁吧。他每日裡沒有什麼事情可做，無非是睡覺，或者從一架半導體收音機裡聽聽廣播和歌曲。到了星期天，父親不上班的日子，他就騎了父親的自行車，四處串門。同學們都不在上海，他常常串了一上午，也沒遇到個同學，他非常失望地回了家來。可到了下個星期日，他又懷了新生的希望，騎著自行車，去串門了。他想：也許會有一個同學回來，休病假或者探親。有一天，他來到阿康家，站在窗下的馬路上一聲一聲叫著，就好像讀書的時光來邀阿康一同上學去。米尼聽了這叫聲就伸出頭去，看見樓下站了一個白白胖胖的男生，穿一件白色短袖的確涼襯衫，扶了一架自行車，正仰了頭往上看，就問：找阿康有什麼事。那人說阿康不在家嗎？米尼說：是啊，阿康不在家。那人仰著頭，張著嘴，說不出話來。米尼心想：這人多麼呆啊！可是她又想到：這麼多日子過去了，有誰來到這裡喊過一聲阿康呢？心裡就有一點感動，對那人說：你可以上來坐坐。就將後門鑰匙丟了給他，那人手忙腳亂地去接，卻把鑰匙碰飛了，然後就左右轉動著身子找那鑰匙的落點，米尼不由笑了起來。過了一會兒，樓梯上就響起了磕磕碰碰的腳步聲，接著，就是怯生生的敲門聲。

米尼把他迎進自己的小房間，對他說：我是阿康的女人。他吃了一驚道：原來阿康結婚了，我一點也不知道啊！米尼笑笑說：阿康的意思，我們兩人都在外地，我又是插隊的，沒什麼經濟能力，所以就沒有怎麼辦。對上海講呢，是在外地辦了，對外地則講是在上海辦了。那人就恍然大悟道：原來是這樣！又去看米尼抱在手裡的小孩，說這難道就是阿康的小孩？米尼就讓小孩喊他叔叔。他很激動地漲紅了臉，說這個小孩怎麼和阿康一模一樣的。他很愛憐地接過那孩子，孩子伸手就抽了他一個嘴巴，他驚喜地說：他是多麼聰明啊，簡直和阿康一模一樣。米尼問他叫什麼名字，他說了自己的名字，又補充道：阿康他們都叫我大炮。米尼想：好像隱隱聽到過這樣的名字，就說：啊，聽阿康說起過的。阿康說起過我！大炮的眼睛竟然濕潤了。米尼又好笑又感動地想：這是個老實人。如今的世道，有幾個老實人啊！不由地，也有點鼻酸，轉身去給大炮斟茶。大炮抱了孩子跟在她身後，問阿康是幾時走的，又幾時能回來。那孩子在他懷裡挺胸折腰地不讓他好好地抱，他緊張而虔誠地托著孩子，額上沁出了黃豆大的汗珠。米尼本不想與他說的，不知怎麼就說了出來，她說：大炮你以爲阿康是去了哪裡？阿康吃官司啦！大炮你不知道。說罷，她的眼淚就流了下來。大炮驚得幾乎將孩子失手掉了下來。米尼又慢慢地說：阿康如今在安徽的農場勞改，再過兩年才可出來！我別的不擔心，就是擔心他的身體。他從來沒吃過什麼苦的，不像我，還插隊了幾年。他在農場是做大田的，他們裡面分大田組、建工組，什麼什麼的。做大田就是種稻，他這一輩子只吃過稻可是從來沒有種過稻啊！我也沒有種過稻，我插隊那地方只種小麥和山芋，沒有水田，可是阿康竟要下水田了——米尼在房間裡走來走去的，一邊收拾著孩子的尿布奶瓶，一邊說著——阿康是個讀書人的胚子，向來很斯文的，和那些流氓土匪關在一起，我最最怕的是他被人欺。他是打，打不動；罵，罵不來。而且，自尊心又很強，在家誰也不能說他句重的。在了那裡，孫子，灰孫子，灰孫子的灰孫子都可以訓他！阿康說到這裡，幾乎號咷起來：我的命好苦啊！大炮，你不知道，我們結婚的第七天，阿康就走了，一去就不回了，沒有一點消息。後來來了消息，讓我去看他，我挺著大肚子，拎了東西，去看他。他看到就說，好了，看到你，我就死心了。現在，就是死也不怕了。我就要他看我的肚子，說，阿康，你不可以死了，以前你可以死，現在卻不可以死了，因爲你要做爸爸了！米尼泣不成聲，大炮嗚咽著叫她不要講了，她卻還要講，並且要往傷心處講，甚至有意無意地虛構了一些細節，而使自己悲慟不已。然後，她才覺得心裡舒暢了許多，多日來鬱結在心裡的東西這會兒好像慢慢融解了。她長長地吐了一口氣，從大炮手裡接過孩子。這時，她看見了大炮眼裡的淚光，心裡不由一動，想這人倒眞是個好人，她想她身邊現在已沒有一個好人了，眼淚就又落了下來。大炮垂了頭坐在床沿上，停了很長時間說道：阿康待我向來很好，我們總是在一起，有時，他還請我吃點心，雖是偶然的，但這種偶然卻也是經常的，阿康待人是最好的了，我們兩人就像是兄弟似的，你要不相信，可以去學校問嘛！他忽然激昂起來，抬起了頭對著米尼說道。米尼就說：我沒有不相信。大炮又繼續說：現在，阿康吃官司，我不能代替他，但是，我可以代替阿康去盡他應盡的責任。今後，你如有什麼事情要我做，儘管開口，一定不要客氣。這時候，在大炮自卑了很久的胸懷裡，油然升起了一股驕傲的心情，當他離開了這一間三層閣，走下狹窄的黑暗的樓梯，來到正午陽光明媚的馬路上，騎上他的自行車，他感到心潮澎湃。他壓抑著激動的心情，沉著而有力地蹬著車子，從梧桐樹的濃蔭底下駛過，風迎面吹來，將他的襯衫鼓起，好像一面白色的帆。

三天以後，大炮又來了，站在樓下馬路上，一聲一聲地叫著「阿康」，手裡拿了一包粽子糖。米尼留他吃了飯，吃過飯，他搶著去洗碗，見阿康的父親自己在吃一碗泡飯，頓時有點尷尬。倒是阿康父親先開了口，問他現在在什麼地方工作，身體怎麼樣，等等，他才鎮定下來。洗過碗，又對阿康父親說，今後如有什麼需要他做的，儘管說，阿康的事情就是他的事情。說了這話，他臉已不紅了，端了一摞碗正視著同學的父親。這時候，米尼已將孩子哄睡了，兩人就在屋裡小聲地說話。他們有一個共同的話題，就是阿康。他告訴米尼，與阿康同學時的情景，順便也說了一些自己的事情給她聽。米尼告訴他，她與阿康是怎麼認識的，敘述的過程也是回味的過程，使她沉浸在幸福的往事之中。他們說著這些的時候，阿康就好像又回到了他們身邊，但卻是另一個阿康了。大炮因他的愚鈍，再加上他的一顆好心，對阿康的描述與現實的距離頗遠，甚至已經不是阿康，而是他自己了。米尼則以豐富的想像力，進行浪漫主義的發揮，重新塑造了一個阿康。他們同心協力，配合默契地創造了一個更合乎他們心意的阿康，兩人心裡都洋溢著溫暖的激情，飽含了熱淚，在心裡呼喚著：阿康，阿康，你快回來吧！

大炮每隔三天或者四天，至多五天，就來阿康家裡一次。有時候送幾斤糧票，有時候留幾塊錢，這些錢他是從父母給他的零用錢裡省下的，更多的時候，他是帶一包粽子糖來，這是父母買了給他治療肝炎的。看了阿康的兒子用手抓了糖，塞進嘴裡，又吐在地上，用小腳去踐踏，他沒有一點惋惜之心，還很滿意和高興，覺得自己到底爲這母子做了些什麼。這使他的人生有了責任，因而也有了目的。他只恨自己沒有工作，否則他便可奉獻得更多了。而他看見，即使沒有他的貢獻，米尼母子卻也豐衣足食，心裡反十分地羞愧。在他遲鈍的頭腦裡，也曾有過這樣的問題：米尼收入從何而來。米尼就好像知道他在想什麼似的，有一天告訴了他自己的身世，他才知道米尼的父母均在香港，並有著自己的生意。在這之後，曾有一度，他重又陷入了自卑的苦惱之中。他以爲米尼他們母子其實並不需要他的，相反倒是自己需要他們母子。他去看望他們，送那樣寒磣的禮物，不是幫助他們，而更像是接受他們的幫助。有整整一個星期的時間他沒有好意思上門，他想：我能爲他們做什麼呢？在家的日子苦悶無比，一日倒像一百年。在沒有人在家的時候，他就像一頭困獸一樣在屋裡走來走去，因爲地方擁擠，膝蓋便在家具上撞出了瘀血的烏青。到了第八天的早晨，他堅持不住了，懷了一股服輸的沮喪的心情，找來了一個小瓶，倒了有大約二兩的豆油，提在手裡，到阿康家去了。他想：豆油是憑票供應的，再多錢也買不來。他米尼一家三口都沒有上海戶口，豆油的問題便是很緊要的了，這使他稍稍增添了勇氣。他走到阿康家樓下，卻見米尼正好出來，見了他就說：你來得正好，我出去辦點事，孩子在床上睡覺，你去看著他吧，說著就把鑰匙交給了他。聽了這話，他滿心地歡喜，開了後門趕緊上樓，那一條黑暗的樓梯已被他走熟了，就好像自己家的樓梯。孩子在床上睡覺，像大人一樣側著身子。他輕輕將豆油瓶放在桌上，極力不發出一點聲音，多日來的苦悶煙消雲散，他對自己說：今天是來對了。

就在他斂神屏息地在床沿坐下的一剎那，孩子醒了。他翻過身來，望著大炮。他的眼睛很大，圓圓的，圍著疏淡而柔軟的睫毛。他很沉靜地看著大炮，不哭也不鬧。這眼光有一種很古怪的神情，使得大炮很窘。他勇敢地微笑著迎向他，學了兒童咿呀的語氣，對他說話。他沒有回答，依然那樣看著他，看了一會兒，忽然朝他翻了個白眼，掉過了頭去。

大炮感覺到這孩子對他的蔑視，一時羞愧難言，背上微微出著汗，盼著米尼快回來。孩子將扁扁的後腦勺對了他，沿了耳後，黃黃的頭髮像一排鳥羽似地整齊而柔嫩地卷曲著。大炮轉過頭來，望著對面的牆壁。房間裡沒有一點聲息，很寂靜。這時，他慢慢地感覺到屁股底下有一片濕熱襲來，他很茫然地往自己的兩腿間看了看，不明白發生了什麼事情。接著，他才看見，在那孩子的身下，有一股細流一直延伸到他身下，他慌忙站起，又將孩子抱了起來。他四下看看，然後把孩子放在桌上，再去收拾席子上的水窪。孩子很危險地坐在桌上，身後就是打開的沿街的窗戶。孩子慢慢地轉過身子，趴在窗檯上，往下看著。大炮收拾完床，再回過頭來，見那孩子半個身子扎在窗外，腦子裡轟然一聲，幾乎暈倒。他衝過去想抓住孩子，不料自己絆了自己的腳，撲倒在桌面上。那孩子晃了晃身子，眼看著就要掉下去，卻神奇地沒有掉下去。這時候，米尼回來了。就在米尼進門的那一瞬間裡，孩子放聲大哭，眼淚流了滿面，腦門上漲出了血點般的痱子。看了這情景，米尼大驚失色，叫道：這是怎麼搞的！孩子一頭扎進她的懷裡，慟哭不已。米尼抱緊了兒子，身上出了一層冷汗，對著大炮厲聲責問：我只去了十分鐘，怎麼就搞成這樣子了？大炮失魂落魄地站在那裡，說不出話來，最終低下了頭，好像一個服法的罪犯。過後，大炮幾次想和米尼解釋事情的經過，無奈他笨口拙舌的。米尼不由笑道：總歸不會是小孩欺你大人吧！說得大炮無地自容，自己都看不起自己了。

從此，大炮在這孩子面前，就有了一種自慚形穢的心情，做什麼事情都縮手縮腳的，惟恐又犯了什麼錯誤。而他總是在最不應該犯錯誤的時候犯錯誤，他根本還不知道哪裡做錯了，他偏偏就在那裡做錯了。漸漸地，他對這孩子起了懼怕的心理，爲了克服這不正常心理，他就對自己說：他只是一個一歲多不滿兩歲的小孩子呀！可越這麼想，他反越覺著害怕。那孩子像是知道他怕自己似的，就總是捉弄他。他有一種天生的欺軟怕硬的品性，專找老實的大炮欺負。他可想出幾十種稀奇古怪的辦法去折磨大炮，並且覺得有這麼一個大人做他的玩具，是一樁非常得意的事情。在大炮不來的日子裡，他便會沒精打采的，顯出百無聊賴的樣子。而大炮一出現，他陡然就來了精神，兩眼炯炯地發亮。米尼說：你看，查理喜歡你呢！查理是這孩子的名字。有時候，她把查理託付給大炮，自己很放心地去辦一件什麼事情回來之後，見情況弄得很糟糕，查理則一逕地委屈地啼哭，她就會說：查理那樣喜歡你，你卻這樣對待查理。大炮縱然有一百張嘴，也是說不清的。由於大炮從來缺乏自信，他總是眞心以爲是自己的錯，他想他是一個多麼糟糕的大人啊，連個孩子都不如。他嚴厲地責備自己，覺得自己一點是處也沒了，而查理卻是一點缺點也沒有的。因爲即使是像大炮這樣親身經歷的人，也無法相信，一個孩子能夠惡作劇到什麼程度。他想：都是他大炮不好。

　　查理靜靜地躺在床上，望著這個苦惱的大人，好像是望著他勝利的果實。陽光穿過他疏淡柔軟的毛髮，將他皮膚照成透明，有極細的藍色的血液在潺潺地流動，誰也不會知道這個小小的頭腦裡有一些什麼思想。他的媽媽望了他說：多麼乖的小孩子，大人是一點也不要爲他操心的。他冥冥地十分準確地知道，他離不開他的母親，母親是他生存的保證。於是他當了母親的面，便百般地乖巧，贏得了母親的歡心。在這掩護下，他肆無忌憚，什麼惡都可做得的。在他極小的靈魂裡，似乎天生就埋下了對人的惡意，這惡意在他意識的極深處，跟隨他的意識一同醒來。幸好，在很長久的時間裡，將沒有人去啓發他的意識，他將懵懵懂懂、渾渾噩噩地生活很長久的時間。因此，這惡意還無法成爲危險，去威脅人類。如今，這惡意只是跟隨了本能活動，他本能地攫住了加入他們母子世界的第一個人：大炮，來施行他的惡意。而這大炮偏偏那麼軟弱好欺，使他一下子就得了手。他常常好好地沒有來由地突然一踢腳，踢在大炮的眼睛裡，大炮搗著眼說：查理眞有勁啊！他心裡就樂得要命，眞想再來上那麼一腳，可卻沒有動。重複的遊戲使他覺得無聊，他總是挑新鮮的來。慢慢地，他看出這個大人有些躲著他了，假如媽媽要出去辦事，讓他照料自己，他就搶著去辦那出門的事，而將媽媽留在了家裡，這使他掃興。於是他乖了幾日，使那人放鬆了警惕。這時，他無比欣喜地發現，那大人原是很不提防的，很容易就解除了警戒。在他最不提防的時候，他又在暗中下了絆子，看了那大人的失手，他快樂得要命，眞不知道，世界上怎麼還會有這樣的樂子可尋。有幾次，他自己也覺得鬧得有點忒不像話了，在那人臉上看出了怒意，望了他悻悻地回去，生怕他下回再不來了，這時候的心情是很黯淡的。可是，兩天或者三天過去了，他卻來了，還帶了粽子糖，殷殷地取了一顆糖遞到他的嘴邊。他簡直心花怒放，他再沒想到這大人會是那麼不記前嫌，甘願給他小孩作耍。於是，他便將他的惡作劇越演越烈，終於到了大炮忍無可忍的時候，事情就到了結局。

若要說起來，這也是大炮自找的苦吃。這天，他弄到一張新上映的阿爾巴尼亞故事片的電影票，他將票子給米尼送來，自己則留下看管那孩子。這也正是在那孩子乖巧的日子裡，他才會有這樣的信心。他還帶來了一團橡皮泥給那孩子捏了四不像的雞和兔。開始，他們相處得還好，將橡皮泥黏得桌椅床上一處一處的。然後，他又與他講故事，講白兔和灰狼或白兔和烏龜的故事，講著講著，兩人都有些困倦，半合了眼睛，最後，是大炮先那孩子睡著，並且打起了呼嚕。這是一個冬季的星期天的午後，暖洋洋的陽光從玻璃窗外照進來，鋪在床上，窗下馬路上偶爾有兩三輛自行車駛過，鋼圈滋啦啦地旋響。而在沉睡的大炮的耳邊，忽然響起奇怪的聲音，他勉強睜開眼睛，看見了一幅可怕的圖景，那孩子坐在他身邊，奮力操動了一把大裁衣剪子，對了他鐵灰色的確涼罩衣的一片衣角，只聽嚓嚓一聲，他幾乎要暈了過去，那衣角剎那間一片變成兩片。他雙手將那孩子一提，又重重地摔在了床上。孩子厲聲尖叫了起來，如同裂帛一般，將隔壁兩個午睡的老人活活地驚起了。

如果是平常日子的下午，隔壁只有阿康的父親在，也許就大事化小、小事化了地過去了。可偏偏這是個星期天的下午，阿康的母親也在家。從大炮進門以後，她其實就一直醒著，靜聽著隔壁的聲息。這時，她如同戰士聽見進攻的號角，從午覺的竹榻上一躍而起，推門進了隔壁的小房間。你要幹什麼？她說。大炮正俯頭絕望地查看剪破的衣角，那孩子在床上翻滾著號哭。你到底要幹什麼？她朝大炮逼進了一步。阿康的父親要去拉她，又不敢，中途將手收回了。大炮抬起頭，惶惶地望著她，嘴唇抖著，半天才說出一句：阿康媽媽——卻陡然被打斷了：你還有臉提阿康啊！她冷笑道。這一句話將大炮說愣了。不曉得這話是什麼意思。阿康的父親則出了一身冷汗，便去拉她，她甩開他的手，指著大炮的鼻尖說道：我早就看出你用心不良！我怎麼用心不良了？大炮問道。問你自己吧，你不就是嫌這個孩子妨礙你們了嗎？所以你就對他下這個毒手，你早就等待著下手的這一天啦！她連連冷笑著，將她男人拖她的手連連甩開，一步一步將大炮逼在床與桌子間的角落裡，氣惱和張皇地說不出話來。她覺得她等待了多日的這一個快樂的時刻終於來臨了，由於喜悅和激動，微微顫抖著。自從這一個忠誠的大炮開始探望米尼以來，她就時時地等待著這個爆發的日子。她想：這一個男人爲什麼這樣忠誠地待一個女人？她想：這一個女人憑什麼得到一個男人忠誠的對待？後一個問題比前一個問題還要使她著惱。她懷了捉姦一樣緊張和期待的心情，要想窺察出這兩人之間有什麼骯髒的祕密，而她越來越失望了。她看出這個男人和這個女人之間其實是很清白的，越是清白，她就越是著惱。她甚至還以她一個教師的教養和理解力發現這男人與這女人之間還有一種可說是美好的動人的東西，這更使她惱得沒法說了。因她一輩子只有黑暗，而沒有光明，於是她便只能容忍黑暗，而容不得光明了。她看見那男人和那女人和諧、愉快、純潔地相處，簡直是灰心得不得了。這會兒，她是多麼高興啊！她指著那男人的鼻尖，滿心歡喜地說道：你三天兩頭地往這房間裡鑽，你當人不曉得你的用心嗎？俗話說，若要人不知，除非己莫爲！大炮這才終於聽懂了她的意思，羞惱得臉紅了。在他愚鈍而無知的心裡，其實是如一張白紙那純潔的，沒有一點骯髒的東西，也想像不到這世上究竟會有多少骯髒的東西。他憤怒地抬起了手，想要指向她，大喝一聲：住嘴！不料卻被她捉住了手腕，叫道：難道你還打人！孩子已經不哭了，坐在床上靜靜地觀戰。他的一齣小小的遊戲卻爆發出這樣一場大大的戰爭，是他始料未及而又驚喜萬分的。他想：一個大人是怎麼去欺負另一個大人的呢？

米尼回來了，她說：怎麼了，你們是怎麼了？阿康母親趁機鬆開了大炮，轉身向她說道：好，你回來了，我還以為你不回來了呢！我想他在這裡，你能到哪裡去呢？果然，你還是回來了。米尼的出場，使她欣喜若狂，一時竟不知說什麼才好。米尼說：你在說什麼呢？你的話究竟是什麼意思呢？她眼睛裡迸發出歡喜的光芒，聲音裡夾帶著銳利的尖嘯：你竟會不懂我的意思？你不要太謙虛了，你不是要隨這男人去嗎？沒有男人的日子你是熬不下去了，你就隨他去吧！走啊，你怎麼不走？米尼陡然變了臉，說道：你說什麼？你若敢再說一句，我可不管你是阿康的娘還是別人的娘了！她連連喊叫著，不許米尼再提阿康的名字，說她提了阿康的名字就是玷辱了阿康。米尼說：我就是要提阿康，阿康阿康阿康阿康，你快回來，我再不能受這老太婆的煎熬啦！她煞白了臉也叫道：阿康你為什麼不回來，你的女人要跟姘頭跑啦！米尼想去撕她的頭髮，半途又改變了主意，垂下手來，冷笑道：你說我找姘頭，我就去找，我要找就得找個像樣的，也不會找那樣的！她的手朝了牆角處的大炮指了一指。她這一句本為了氣阿康母親的話，不料卻重重地創傷了大炮的心。他幾乎不相信自己的耳朵，可米尼的話卻如晴天霹靂一般。忠厚的大炮向來將自己看得很低，對誰都很尊敬並且誠實，而在他自謙的深處，卻埋藏著非常寶貴而脆弱的自尊心，米尼無意中將他的自尊心傷了。大炮低聲嘟囔了一聲，推開兩個女人，衝出了門去。

從此，大炮再不來了。

七

越近阿康出來的日子，米尼行事越謹慎。她有些疑神疑鬼的，生怕發生不測。她好像不相信事情會那麼美滿，她等阿康已經等得不敢抱什麼希望了。她變得優柔寡斷，懷疑自己的判斷力，臨到下手時，總是動搖，錯過了許多機會。光天化日之下，她好好地走在街上，卻忽然會噩夢般地耳邊響起一個聲音——捉住她！她陡然驚出一身冷汗，心裡充滿了不祥的預感，於是空手而歸。當她不得已地再一次走上街頭，她心裡前所未有地生出了悲哀，她想：除此以外，難道沒有別的路可走了嗎？她認眞地想了許久，想到有兩條路可以試試，一是向阿婆求情，二是向阿康母親討饒，而這兩條路均是她所不願意走的。於是，她挺了挺胸，將這些念頭甩在腦後，堅決向前走去。當她終於得了手後，她就會有一種僥倖的心情，好像這不是靠她努力取得的，而是老天給的一個幸運的機會。她變得非常宿命，有時出門之前，要用撲克牌通一次五關，一副撲克牌已被她使用得破爛不堪，她將她的希望就託付在這一疊骯髒的紙牌上了。她懷了鋌而走險的心情走上街頭，對自己說，這是最後的一次了。她盡力壓縮開支，將消費減少到最低的限度，她甚至想，有一碗泡飯吃便行了，只要阿康能夠平安地回來。阿康回來的這一日，越到眼前越是沒有希望。等待已成了米尼正常的生活，一旦等待等到了頭就好像要有什麼厄運來臨了。

終於到了阿康解教的前一日，她穿了自己最好的衣服，領了兒子，提著給阿康新買的衣服鞋襪，去農場接阿康了。他們在農場招待所過了一夜，第二天清晨搭了一架拖拉機離開了場部。拖拉機在塵土飛揚的土路上顛簸，轟隆隆地震耳欲聾。他們三人，還有另一對來探兒子的老夫婦，蹲在煙灰彌漫的車斗裡，劇烈地搖晃著身子，很快便疲憊不堪了。他們無法說話，努力平穩著身體。有孤獨的柏樹，從他們眼前慢慢地過去。透過煙塵，天空似乎格外地藍。有幾輛自行車從後面駛來，對那開拖拉機的農民大聲地說話，卻聽不見一點聲音。自行車駛走了，路邊又出現了幾個上學的孩子，背著書包。那農民忽然從駕駛座上轉過臉來對他們說著什麼。他們五個人望著他無聲地合動著嘴巴，心裡一片茫然，他卻笑了一下，又轉回了臉去。阿康坐在米尼對面的車斗擋板下，雙手抱著膝蓋，臉色灰蒙蒙的。米尼想：這是阿康嗎？她反覆地告訴自己：這就是阿康。心裡卻很平靜，甚至有一些漠然，她是等待得已經疲勞了。柏樹佇立在起伏的丘陵之上，很久才退出視野。

拖拉機終於到了長途汽車站，日頭已近正午，他們買了車票，就到了車站附近的飯店吃飯，那對老夫妻也相繼進了飯店，在另一張桌上坐下，朝他們點了點頭。米尼問道：他們的兒子你認識嗎？阿康說，搞不太清楚，就問米尼要菸抽。米尼從包裡掏出了一包大前門遞給他。他撕開菸紙抽出香菸，上下摸著口袋找火柴而沒有找到，只得欠過身子向鄰桌一個男人借火。兩個男人接火的樣子將米尼心裡的熱情喚醒了，她激動地想道：阿康，你是回來了嗎？她想她的等待是多麼值得啊！她望了阿康剃短了的平頭說道：阿康，你的板刷頭是多麼時髦啊！阿康說，那就永遠保持下去，也是一個很好的紀念。米尼笑了起來，忍不住去拉阿康的手，阿康掙開了說：大庭廣眾的，不能教人家不花錢看白戲。她就在桌下用膝蓋去碰阿康的膝蓋，用腳去踢阿康的腳。阿康躲避著，米尼則追逐著不放，並開心地叫道：你逃不脫的。這時候，他們點的飯菜端了上來，這才不鬧了。對面那一對老夫妻一直在看他們，流露出羨慕的神情。吃罷飯，他們三人就慢慢往車站走去，路邊有一些小店，賣著日用雜貨，還有一些農機用的小五金，他們在店裡穿進穿出的，阿康說，他就好像已經到了上海，覺得很繁華了。米尼笑他成了一個鄉下人，心底卻有十二分把握，他絕不會變成鄉下人的。即便是吃了三年官司，他的風度還是那樣優雅，眞正是百折不撓啊！

米尼在心裡感嘆著。她彎下腰，讓兒子叫他爸爸，兒子端詳了一會兒，忽然咧嘴一笑，說道：癟三！兩人都樂了，說這不愧是他倆的兒子，很會開玩笑。米尼忍不住還是要勾住阿康的胳膊，將頭靠在他的肩膀上，說：阿康，我心裡實在很高興！阿康就說：能不能回到上海再高興？米尼說：你剛才說的，這裡就是上海。阿康說：我沒有說。米尼說：你說了，不要賴。阿康說：我沒有說。米尼說，你說了，不要賴。阿康說：我不賴。見掙不脫便也不掙了，只是囑咐她另一隻手要拉牢兒子，不要找回老公，倒把兒子丟了，這也是不合算的。停了一會兒，他要求去一趟廁所，米尼不讓，說他是耍滑頭，要溜。阿康說：你真殘酷。米尼說：我就殘酷。又停了一會兒，阿康要求抽出胳膊點一枝菸，點好菸，馬上把胳膊還給她。米尼說：我幫你點。她讓阿康另一隻手拿牢火柴盒，她擦著了，替他點上。他吸菸的樣子，使她著了迷，讓火柴燒了手，哆嗦了一下，將火柴梗一拋，燃盡的火柴梗帶了最後的火花，在藍天下畫了一道美麗的弧形。

後來，他們上車了。那一對老夫妻與他們隔了一條走廊，坐在那邊的窗下，與他們相視而笑。兒子已經睡著，他們就讓他放平了睡在他們的膝上。汽車開動了，慢慢地駛出了車站，駛過一條簡陋的小街，上了公路。這時候，阿康也有些激動起來，他望了窗外，說道：我已經忘了上海是什麼樣子的啦！米尼更是激動地說道：阿康你簡直是第二世投胎做人啊！阿康就說：做兩世人生，老婆卻還是一個，多麼掃興啊！米尼盯牢他眼睛說：你再做一世人生，我也是你老婆，你別想逃。阿康認輸道：我不逃。汽車的速度加快了，他們心裡充滿了陶醉的快樂迷離的感覺，自己像在飛翔似的，美妙得很。然後，就沉沉欲睡了。當米尼被汽車顛醒的時候，汽車裡灌滿了陽光，那老夫妻低了頭，起先她以爲他們睡著了，卻發現他們在默默地流淚。她來不及去想他們的傷心事，心裡已經被快樂注滿了，重又合起了眼睛。

到上海的時候，已是晚上九點鐘的時分。米尼背著兒子，阿康提著東西，走出了長途汽車站，走到了上海徐家匯的馬路上。他們看見了著名的徐家匯天主教堂的尖頂，很肅穆地映在深藍的天幕前。他們去乘無軌電車。車沒來，他們就倚在欄杆上等車。米尼急躁地想著，車什麼時候才來呢？阿康只是默默地抽菸，兒子則連連打呵欠。天上有一些疏淡的星星，人們在樓房的陰影裡沉默地等車。上海的夜晚多麼寂靜啊！阿康忽然想道。車終於來了，車廂裡燈光明亮，使阿康想起一些電車上的往事。他奇異地感到一陣驚懼，脫口叫了一聲「米尼」，米尼問有什麼事，他說：準備上車吧。於是三人就上了車，車沿了街道，在一盞盞路燈下駛去了。這時候，他們幾乎是共同地想道：今後的日子應當怎樣過。

開始，他們一起回到了臨淮關，住在農機廠倉庫旁邊的一間小屋裡。臨走時，阿康的父母給了兒子一些錢，可爲阿康微薄的工資稍作貼補。每天，阿康去上班，米尼在家帶了兒子玩，在一只火油爐上炒菜，到工廠後面不遠的淮河去洗衣服，在大好的天氣裡，將洗好的衣服鋪在河岸石砌的斜坡上曬乾，看了輪船嗚嗚地靠岸，然後又嗚嗚地離岸。她想起了她和阿康相識又相知的情景，恍若隔世。她想：從那時起，有多少歲月過去了啊！她有時候，很想把這個故事講給兒子聽，可兒子卻全神貫注地朝輪船扔石頭和砂子。他曬得墨黑，顯得眼白特別白，疏淡的眼毛淺淺的，如白色的一般。他冷不防會在米尼腳下使個絆子，然後飛快地跑遠了，唱歌似地喊：米尼，跌跤了！這就是他和母親撒嬌的方式。在越來越遠的悠長汽笛聲中，米尼挽著一個大籃子，籃子裡裝了洗好曬乾的衣服床單，慢慢地往家走，兒子在前面朝她扔著石子。她心裡很明靜，也很曠遠。晚上，阿康從車間回來，他們三人就在一張低矮的案板上吃飯。飯後，他們去逛街。街上有一家影劇院，每一部電影他們都不放過。有時，那裡還會來一些外地劇團演出戲曲或者歌舞。在阿康上夜班的夜晚裡，米尼自己和兒子睡覺，她很清醒地聽著火車長鳴而來，舊事又湧上心頭，如同電影一般，一幕一幕在腦海中演過。她微笑著恍惚想道：她是怎麼到了這個地方？她想起「命運」這兩個字，覺得命運眞是太奇巧了。

阿康做的是車工。阿康的手藝是很好的。廠裡的人漸漸把阿康犯罪的事情原諒了。他們想：上海那種地方，誰說得清呢！他們進進出出地叫阿康「唐師傅」（阿康姓唐，他的兒子就叫唐查理），他們在技術上遇到什麼問題就說：唐師傅，你幫我看看這個。有時候，阿康已經下班，正在家吃飯，他們就會很不好意思地踏進門來，說：唐師傅，你幫我看看那個。阿康就一一指點他們，直到他弄懂爲止。每天他脫去了油膩膩的工作服，洗了臉，坐在飯桌前，喝上一點酒，再抽一枝菸，心裡會覺得非常舒服。他漸漸地胖了，臉色也滋潤了。有一天，他對米尼說，這樣的日子，其實也沒什麼不好。米尼就說，隨便什麼日子，和你阿康在一起就是好的。阿康說不見得。米尼說見得。兩人「不見得」「見得」地來去了幾個回合，就滾成了一團。牆角一隻小蟲唱著悅耳的歌曲，米尼感動地想：過去的日子再不要回來了。夏天，她帶了兒子去河岸的榆樹林子裡捋榆錢兒，望了不遠處閃閃爍爍的淮河，她發現，過去的日子是多麼可怖，不由得後怕起來，心在胸膛裡別別地跳著。幸好，幸好啊！她連連地在心裡說道。她的手指轉眼間被榆錢兒染綠了，風在樹林子裡穿行。她背起裝滿壓實的麻袋，走出榆樹林子，往街上走去。街上有一家藥房，收購榆樹錢兒。查理在她身前身後地跑，朝麻袋上吐著唾沫，米尼喝住他，他就罵：米尼，我操你。

後來，秋天到了，他們一家三口乘船到蚌埠去玩了一回，在公園裡划船，飯館裡吃飯，看了兩場電影。買了一些衣物用品，宿了一夜。蚌埠使他們想起了上海，上海浮光流彩的夜晚在向他們招手，他們便策畫著，春節的時候回上海去。於是，從秋天到冬天的這一段日子他們就過得有些不耐煩，他們想：什麼時候才到春節呢？晚上，沒有什麼事情，他們早早地就上床，百無聊賴地做著男女間那種經常的遊戲。大概是因爲沒有外界新鮮事物的激發，這樣的遊戲也漸漸使他們感到單調而膩味了。他們在星期天陽光明麗的下午，在簡陋的小街上走來走去，最後還是回進他們陰暗的小屋，屋外滿地流淌的陽光和他們沒有關係，白白地流淌過去。他們都有些焦躁，坐立不安，這使他們兩人都開始瀆職。阿康在車床上出了次品，米尼一日三餐也有些胡來。查理不禁受了他們的影響，吵吵鬧鬧的，大人一旦責罰他，他就哭罵不止，詛咒阿康再一次「吃官司」，還要「操」米尼。他直呼他們的名字，他們隨他叫去，覺得這孩子從小就有幽默的素質。有一天晚上，他們三人在一起喝了一些酒，阿康忽然打開了話匣子，說起了昔日的一些經歷。他說到他在眾目睽睽之下如何輕易地得了手，在急變的形勢下如何從容不迫地擺脫困境，他還說到他在拘留所裡是如何與一個流氓和慣竊名叫「平頭」的巧妙周旋，在勞教期間又是如何在人不犯我我不犯人的立場中站穩了腳跟，他以他慣常的客觀的自嘲的語氣說道，情緒卻越來越激動，他的眼睛漸漸亮了，臉色很紅，聲音高高的，並且做了許多誇張的動作。米尼望了他，開始還想：阿康又發毛病了，而逐漸地，也被他的情緒感染，爭相說起了自己的事情。她說她的經驗是防患於未然，絕不冒一點無謂的風險，不是十個指頭捉田螺那樣十拿十穩的情形，她是絕不下手的。阿康就諷刺她說：這樣的事情，本身就是風險，如不想冒險，只想十個指頭捉田螺，那麼，根本就不要去做了，那就去做別的事情好了，世界上有許多別的事情呢！米尼說阿康這樣把這種事情當做風險的看法其實是錯誤的，而他和其他人所以會失手，就是因爲他們這樣的錯誤的看法。其實這樣的事情非但不危險，還很安全，危險的倒是那些口袋和皮包裡裝了錢夾子的人。他們時刻提防著別人竊取他們的錢財，提防著他們可能遭受的損失，他們才是眞正的冒險。如果像阿康那樣，自己認爲自己是在冒險，因此做出許多危險動作，其實這種危險動作都是多餘的，帶了表演的性質，所以就一定要失手。阿康聽不得米尼這樣反反覆覆地說「失手」兩個字，這使他感到羞惱，就打斷了米尼的話，說：不承認這事情的風險其實是自欺欺人的把戲，問題是怎樣認清形勢，然後才可知己知彼，百戰百勝。至於「失手」，那不過是交學費而已，交一點學費是很値得的，而不交學費，恰恰就什麼也學不到了。米尼說：學費也要看是什麼樣的學費，假如一個人學費是被捉出去槍斃了，這又能換來什麼？阿康就笑道：交學費就是爲了避免死，怎麼能死，死是絕對不能死的，我們所以要不惜代價地付出昂貴的學費，就是爲了要活著。米尼問他，活著到底是爲了什麼呢？阿康認眞地想了一下說：爲了好好地活著。然後又接著說：

我們再繼續說學費的事情，學費是很有必要的，我每交一次學費，就學得了許多道理和經驗，你沒有交過學費，所以你根本不知道。大家在一起，從早到晚的，可以交流多少寶貴的東西。那些東西，都是你不交學費作夢也作不出來的，勞改眞是一座大學校啊！米尼說：我不用交學費也可以學到許多經驗，一邊做一邊學。阿康寬容地一笑說，你的那些經驗當然是不能與我的相比的。米尼就說不見得，阿康說見得，米尼再說不見得，阿康就有些惱怒，把桌子一推，厲聲說：到底是你聽我說，還是我聽你說？米尼一驚，倒有些酒醒，卻還爭了一下：誰對聽誰說。阿康擂了一下桌子，冷笑道：我就是聽你的，讓你弄到這個地步。米尼想他是在說醉話。他又接著說：我的生活道路，就是從碰到你的那一日起，走錯了，一步錯，步步錯。米尼聽他這話又像是醒的，就問道：阿康，那一日你為什麼不從臨淮關上車呢？阿康說，我們要在蚌埠玩一天。蚌埠有什麼好玩的，米尼說。蚌埠是很好玩的。阿康很清醒地望著米尼，米尼不響，阿康便說：你這樣的女人，就像鞋底一樣。米尼哭了，說：我怎麼像鞋底呢？我像鞋底你又像什麼？阿康輕蔑地一揮手，不屑於同她說話似的，站起身，走到床前，衣服也不脫，只脫了鞋，拉開被子就睡了。這時候，米尼卻已完全清醒了。她流著眼淚，想著阿康那些惡毒的語言，覺得非常灰心。她覺得阿康今天雖然喝醉了，可是有一些話卻像是比平日更眞實似的。第二天，查理就用「鞋底」

這樣的話去罵米尼了。

過了幾天，阿康心情比較平靜的時候，他回想起了那晚上的情景，就問米尼道：這樣說起來，你也有了那一手？米尼冷笑一聲，沒回答。阿康停了一會兒，卻笑了，說道：你看，我們這一對夫妻搭配得多麼好啊！聽他這樣一說，米尼心就軟了，同他和好如初，就好像沒有發生上回的事一樣。以後的夜晚，阿康就細細地問她事情的經過，米尼則慢慢地一點一點告訴他，兩人沉浸在回憶之中。在這平淡的日子裡，說著這一類的事情，就好像在吹牛一樣虛假卻有一股激動人心的神奇感覺。他們常常問自己：這是眞的嗎？然後又回答自己：這是眞的。他們還調笑道：在這樣的地方，要想練練手也無處練啊！人們將錢捏在手心裡，上街買了東西就提了回去。除非學做一名強盜，去打家劫舍，可這有什麼意思呢！這又何必呢？就這樣到了今天，開始準備回家的事了。

這是一九七七年的一月。過去的一年裡，有過幾件大事，卻並沒有引起他們的注意。他們是工於心計而又麻木不仁的小人物，太大的事情是在他們視力之外的。當他們三人在一個冬日和暖的午後，搭上一班火車，暫時沒有占到座位，擠在過道裡的時候，他們計畫著，在上海的日子裡，如何到父母的口袋裡去挖取進賬。這兩人想：像阿康父母這樣幸運的父母，世界上是絕無僅有的，對兒子、媳婦和孫子不負起一點責任，而只是放任自流，這簡直是一種墮落！他們痛惜地想道，應當去挽救他們，給他們一個重新爲人父母的機會。當他們在算計父母的時候，查理則在冷靜地考察他們，看他們身上還有多少油水可榨，剛糟蹋了一包餅乾，現在又想要糟蹋半隻燒雞。

上海的這一個冬天，凡是知識青年們都在熱烈地討論著回城的事情。米尼想：她的機會是不是來了？當她把她的想法告訴阿康的時候，卻不料阿康冷笑了一聲說：你以爲回到了上海你就不再是鞋底了？上海的鞋底是比哪兒都多得多的。米尼想：阿康爲什麼會說這樣的話！然後就漸漸明白了。一旦明白，她才覺得阿康提醒了她一樁事，不由暗喜，在心裡叫道：阿康，阿康，你越怕我回上海我倒越要回上海了。她加快行動，真正開始做準備了。她悄悄給插隊地方的大隊支書寫了一信，再到地段醫院檢查了身體，查出有關節炎和月經不調兩種慢性病。這時，大隊支書的回信也來了，信中說雖然農村很需要她們這樣有文化有抱負的知識青年，可是身體不適合卻也是不行的，身體是革命的本錢嘛！他們很支持她回上海參加建設上海的革命。還寄給她縣、公社、大隊的三級證明，她就開始跑上海這一頭。這些她都是私下進行，沒有漏給阿康半點。她覺得她正在爲自己籌畫一步棋，一旦成功，她和阿康之間的這盤棋就活了。不知從何時起，她和阿康就像兩個對弈者，在下著一盤棋。

春節早已過去，春天到來了，窗外的梧桐已長出了葉子。阿康卻一字不提回廠的事情，他忽然對喝茶有了興趣。買了一張公園月票，每天早晨跑到公園茶室裡坐著，直到中午回來。米尼問他公園茶室裡都是些老頭，他混跡其間有什麼快樂。他就笑了，說米尼太不了解老頭了，老頭是人類中最精華的部分。米尼說你自己家裡就現成有一個老頭，還可免費，何必再去茶室呢？阿康則說，家中這個老頭，正是精華中糟粕的那一部分，恰恰是不可吸取的。米尼聽了就很樂，覺得他實在是個幽默大師。然後，他才慢慢地告訴她：那茶室中，有昔日赫赫有名的「醬油大王」，有當年國民黨中國銀行的職員，有過去在禮拜堂現在在棉毛衫十三廠的傳教牧師，有舊上海當鋪裡現在小學校做工友的朝奉，眞正是三教九流，英雄薈萃啊！他們說話不多，句句都是警言，足夠品味半天，其中濃縮了他們一世的成敗枯榮浮沉歌哭，這就是吃茶啊！他說道。米尼不由聽出了神，催他講下去，他卻住了口，翻了身朝裡說睏了，要睡覺了，明日還要早起去公園吃茶。米尼想他上班都不曾這樣勤勉過。這一段日子，他們各自找到了各自的目標，各行其是各得其所，互不干擾，相安無事。到了夏天的時候，米尼就說要回一次插隊的地方。阿康問她回去做什麼，她說有些事情要辦。阿康本不想問了，想想又多問了一句：忽然間會有什麼樣的事情辦理？米尼說是關於戶口和油糧關係的手續，她病退回上海了。阿康沒有作聲，仰天躺在床上，望著屋頂，用一把拔豬毛的鉗子夾下巴上的鬍子。米尼在他身邊坐下，緩緩地對他說，她還想再去臨淮關一趟，在他廠裡開個結婚證明，辦了他們的登記手續，這樣，到時候，便可給查理報上上海戶口了。她又說，他們不應當耽誤查理做一個上海人的前途，既然他去不了外國，他們叫他查理本是爲了他出國的未來。阿康不作聲，停了一會兒，就說：你去好了。米尼就去買了三天後的車票。這三天裡，阿康依然每天上午去公園茶室，中午才回。到米尼要走的那天早晨，米尼說她要走了，他就說再會，然後去了公園。米尼心裡悵悵的，然後又笑了，憐惜地想：他在賭氣啊！

在米尼回安徽的幾日內，阿康的父母緊急籌畫了兩件事情，一是阿康母親退休叫阿康回來頂替，二是將房間一處調兩處。然後，他們就一個去辦退休手續，一個則複寫了許多份調房啓示，一根電線杆一根電線杆地去張貼。阿康依然去茶室，查理則以弄堂爲家，把家當成飯店和客棧。他們父子二人現在就在老人那裡搭伙。一旦沒了米尼，就像拔去了阿康母親的眼中釘，她心情舒暢，兒子孫子就好像從劫持者手中終於回到了她的懷抱。她拿出多年的積蓄，爲他們添置了各色衣服，每頓飯菜都要翻一些花樣。他們父子二人天天過得心滿意足，她就彎腰低頭地問查理：阿理——她這麼叫他——阿理，奶奶好還是媽媽好？問時眼睛卻看著阿康。等到米尼回來，便發現丈夫兒子已被對方爭取了過去，只剩她一個人孤守陣線了。她問他們：吃不吃飯？兩人共同的回答是：隨便。第一頓飯她自己吃了。到了第二頓飯，就有些發怒，又問道：吃不吃飯？他們依然回答：隨便。她又自己吃了。到了第三餐，她反平息了火氣，心想：正好，爲我們節省伙食費呢！不料，阿康的母親也正想到了此處，她想，這可不是爲他人做嫁衣裳？於是就宣布從此不再管他們伙食，兩人回來的時候，米尼說：你們吃過飯了嗎？今天怎麼吃得這麼早！一邊擺出了碗筷，讓兩人吃飯。晚上，等查理睡了，她就將轉來的戶口、油糧、還有結婚證，一件一件讓阿康看。阿康淡淡地掃了一眼，然後說：大約再過幾天，我就要回安徽了。米尼一驚，問道：廠裡來催上班嗎？阿康說：不，是回去轉戶口啊。米尼這才知道阿康母親讓他頂替了，不免想到自己又與阿康走了一步平棋，暗暗有點沮喪。但再想到三人都回到了上海，名正言順地做上海人，過上海人的生涯，還是高興更多一些。在幾年前，他們是想也不敢想這一日的。他們終於可以好好地過一份日子了。她就有些激動，說道：你媽媽立新功了。阿康慢慢地說：光吃老本是不行的，是對不起革命後代的。米尼感嘆道：他們已經吃了多少年的老本啊！這一個夜晚他們很快樂，不久以後即將到來的和平的生活，在漂泊不定了長久的他們看起來，簡直是一種妄想，不料幻想馬上要變成現實。他們想：這是少數的幸運的人的生活啊！他們馬上就要做那少數人中的兩個了。

第二年春天的時候，他們已經在各自的單位上了班。米尼在街道的生產組，阿康先是因爲不算插隊知青頂替沒有成功，可是後來他們這一批中專生全部回上海重新分配，他便也到了一家國營工廠，依然做他的車工。房子是到年末才調開的，兩處相距三站路，他們三人住一間九平方的三樓亭子間。上班下班的日子開始了。當他們上班去的時候，查理就留在家裡，因怕他闖禍，所以並不讓他進房間，把房門鎖了。他就在弄堂裡待著，不過幾天他已將周圍兩條馬路的地方勘察完畢，弄堂口的熟水店、臨街的自由市場、對馬路的公園、隔壁弄內的造紙廠，都是他常去的地方。到了晚上，他的見聞是比他父母要豐富得多了。晚飯桌上，筋疲力盡的阿康和米尼聽著他眉飛色舞的吹牛，心想：這孩子多麼聰敏啊！然後又傷感而欣慰地想：眼看著就要靠他啦！他們好像已經看到了自己的晚景：將這一份生活做到了退休，戴了紅花回到家裡。深感無聊，卻也無奈。他們這兩個小小的懵懂的人物，在漂泊游離了多年之後，終於被納入了正常的社會秩序。這秩序好比是一架龐大的機器，一旦進入其間，便身不由己，在軌道上運行。如果強行脫離，須有非凡的破壞力。這破壞力要就是在這機器上造成了創傷，要就是兩敗俱傷，最不濟的是單單將自己粉身碎骨。這最後一種結局是最普遍的結局，因爲渴望進行這種脫離的人，往往都是一些卑微的小人物，他們在這機器中連一個最低等級的齒輪的位置也占據不了，他們總是在最毌需主動性和個人意志的，如螺絲釘那樣的位置，於是他們便產生了脫離的強烈要求。但他們因爲是最沒有教育、最無理智、最無覺悟、最無自知之明和自控能力的人，他們的破壞力恰恰正夠破壞他們自己，將自己破壞殆盡，於是，滅亡的命運便不可避免了。

阿康和米尼每天上班和下班，他們昏昏沉沉的，有時清醒了一下，想著：這過的是什麼日子啊！緊接著又迷蒙起來。阿康覺得自己得了病似的，就請了病假，一天又一天地在家休息。休息久了又覺得不妥，喪失了什麼責任似的，再去上班。機器永不間斷的轟鳴聲使他噁心，使他充滿了迷失方向的感覺，人被淹沒了一般。他又去請假，他和廠醫說他得的是美尼爾氏綜合症，自己心裡有數，不需要什麼藥，只是絕對休息。廠醫是最後一屆的工農兵大學生，充滿強烈的自卑感，就問阿康大約要休息幾日，他說多至三月，少至半月，可是現在生產任務很緊，正是建設四個現代化的時候，他不好意思長休，就半個月吧。病假期間，他又去了老房子那公園的茶室，卻很失望地回來了。那一批昔日的茶友已作鳥獸散，偶爾在街上還見過一次「醬油大王」，卻是今非昔比，趾高氣揚，明明看見卻作看不見的樣子，兩人擦肩而過。米尼安慰他說，這就叫做六十年風水輪流轉，總有轉到他阿康的一日，現在重要的是保存實力，耐心等待。可阿康依然很頹唐，有幾次，在汽車上，有粗心的女人將壞了拉鏈的皮包推到他眼前，他竟沒有下手的興趣，自己都覺得自己出了毛病。他強迫自己去那包裡撿出了錢包，卻沒有得到安慰，心裡照舊很消沉。日子過得飛快，不知不覺又是一年過去，查理上了學，並且開始逃學，被老師捉住，讓同學通知家長去領，家長卻從來不去領。到了下班時分，老師只得將學生送回家裡，家長對老師說：你最好把他一直關到明天這個時候。老師見那家長表情真摯懇切，反說不出話來。等到查理上了二年級，已有過一次逃夜的紀錄，兩人分頭找了半夜沒有找到。早晨五點左右，卻被一名小車司機送了回來。他們不由感嘆道：這小孩的福氣真好，我們這把年紀了還沒坐過轎車，倒教他坐到了。這樣的日子一天一天過去，後來終於出了事情。

米尼工廠裡有個要好的小姊妹，是從江西插隊病退回來的。她長得秀氣白淨，說話輕聲細氣，像一隻溫柔的小貓。米尼很喜歡她，常帶她到家裡玩。有一次，她來的時候，阿康正在家裡休病假，本來在床上躺著的，這時卻起來了，坐在床沿上，聽她倆說著連衫裙的裁剪問題，還提出積極的建議。那小姊妹起身告辭的時候，阿康便留她晚飯。這時，米尼已看出一點端倪，卻沒有流露聲色，反一起勸那女孩留下，然後就下到底樓灶間燒飯。重新上來的時候，見阿康和那女孩談得很好。女孩低了頭縮在沙發裡面，阿康坐在對面床沿上，吸著菸，歪下頭去對了女孩的臉說話。那女孩便更加低了頭，偶爾抬起眼睛，則很明亮。米尼心裡一緊，想阿康與她說話，還從沒有過這樣的表情。這天晚上，阿康情緒很好，不時有靈感來臨，說了許多笑話。等那女孩走後，米尼便把桌子的碗全推到地上，與阿康吵了起來，阿康則將熱水瓶摔了，查理在一邊就說：你們等一等，我去買幾個餅乾箱來給你們摔。米尼說：阿康你今天精神這樣抖擻，病全好了嘛！阿康說：我本來也沒有病，精神向來很好。查理則說：我看你們都有病，吃錯藥的病。米尼順手給了查理一個嘴巴，說：我看你官司還沒吃過癮，還想再吃一回啊！阿康給了她一個嘴巴，罵道：你這個白虎星，誰沾上你誰要晦氣！米尼哭了起來，阿康越加心煩，他想他難得有一天晚上高高興興的，卻讓她給破壞了，這個女人是多麼教人喪氣啊！她是連一點點快樂也不肯給他啊！他越想越煩惱，推門出去了。阿康一走，米尼倒止了哭聲，她暗暗叫道：冤家，可千萬別出事啊！她擦乾眼淚，就開始收拾殘局，這時，已經十點鐘了。她拖乾淨地板，鋪好了床，望著窗下黑漆漆的後弄，心想：他什麼時候回來呢！她想他這樣的大人，是不會有轎車司機送他回家的。到了十一點的時候，她正想著要去馬路上轉轉，阿康卻回來了，什麼話也不說，一個人悶頭洗臉洗腳，然後上床。米尼便也悄悄地上了床，點了電燈。阿康將身子轉過去，不睬她，她就從後面抱住阿康的肩膀柔聲說：阿康，你笑一笑吧，我是怕丟掉你，才發火的。阿康冷冷地說：我又不是一樣東西，怎麼會丟掉？米尼說：我怕有人會把你搶了去。阿康說：我是什麼寶，有誰會搶？米尼說：我。阿康說：你？然後就不作聲了。這天夜裡，米尼待阿康格外地周到，阿康不覺也消了氣。第二天早起時，他說：其實我對你那個小姊妹並沒有什麼，不過她人長得不錯，欣賞欣賞罷了，就好像一張好看的圖畫，有人走過去，會多看兩眼。米尼就說：那你想不想看我呢？阿康說：你是貼在家裡的畫，月份牌一樣，天天有得看，不看也曉得了，再說，夫妻間，難道僅僅是看嗎？米尼被他的話感動了，就說：既是這樣，我就常常帶她來，給你看。後來，她果眞又帶她來了一兩趟。但每次走後，她又忍不住要和阿康吵，一次比一次吵得厲害。米尼不知道，她在此是犯下了大錯誤。她或者不要帶那女孩上門，或者帶上門了就不要吵鬧。她這樣做無疑是在撮合阿康和那女孩。而她的吵鬧，在阿康的一邊，是加深了他的煩惱和苦悶；在女孩一邊，則更襯托了她的溫柔和順，楚楚動人。每吵一架，阿康就與米尼遠了一步，卻與那女孩近了一步。漸漸地，女孩就將阿康從消沉的情緒裡喚醒了，他振作起來，好像看到了希望的曙光。

終於有一天，米尼出了工傷，沖床差點兒削去她的一個手指頭。她到地段醫院包紮了傷手，打了防破傷風的針，領了消炎藥片，下午兩點時分到了家，見那小姊妹躺在她的床上，阿康坐在床沿上抽菸，眼睛看著那姑娘。見她進來，兩人都慌了神，米尼反倒鎮定下來。她眼前黑漆漆地想道：這一天終於來到了。她站在門口，看著那女孩哆哆嗦嗦地起床，穿好衣服，又哆哆嗦嗦地從她身邊走過，下了樓梯。阿康先也緊張了一陣，竟被菸頭燒了手，接著就穩住了，從床沿上站起身，走到沙發上坐下，重新點了一枝菸，眼睛望著米尼，意思是：你說怎麼辦吧！米尼沒說什麼，轉身下了樓去。阿康以爲她走了，不料她只是下樓去燒晚飯。這一個晚上平靜得令人不安地過去了。第二天早上，米尼在工廠間門口，一條很熱鬧的馬路上，截住了那小姊妹，向她討自己的男人。那小姊妹要跑，她不讓，扯住人家的衣服，搧人家耳光。那小姊妹卻也遠遠要比外表潑辣和果斷，硬是掙脫了米尼，並且跑到阿康廠裡，在車間找到阿康，說非他不嫁了。幾乎是前後腳的工夫，米尼也到了廠裡，直奔廠長辦公室，扯出廠長要他公判。一時裡，廠長、米尼、阿康、那小姊妹，四人站在了一處，會審公堂一般，廠長成了法官。幾下裡當即咬定：離婚的離婚，結婚的結婚，再不反悔。米尼憑了一股意氣撐著，回到了家中，一進房間，就暈倒了。當她醒來的時候，見自己躺在床上，阿康坐在沙發裡抽菸，窗外已經暮色朦朧。她哭了起來，她想：這不會是作夢吧！阿康聽見她哭，就走攏了來。她欠起身子抱住阿康，阿康抱住她，也哭了。他們兩人抱作一團，親吻著，愛撫著，從沒有那麼親愛過。他們哭著想道：事情是怎麼搞到這個地步的啊！可是米尼猛地一震：阿康這雙手抱過另一個女人啦！她頓時恨得咬牙切齒，怎麼也嚥不下這口氣了。她推開阿康，撕著自己的頭髮，咬著自己的手，她怎麼能饒過阿康呢？米尼終於折騰得累了，阿康也哭累了，房間裡一片漆黑，他們誰也不去開燈，查理不知跑到哪裡去了，他們都把他忘了。米尼躺在枕上，氣息奄奄的，她妥協地想著：假如阿康不肯離婚，她就不離；阿康縮在沙發裡，也在想同一個念頭：假如米尼不肯離婚，他就不離。夜深的時候，他倆又摸在了一起，像新婚或久別時那樣狂熱地做愛，如膠如漆。當快樂的高潮過去之後，一個情景又浮現在米尼的眼前：那小姊妹躺在她床上，也這麼快樂過來著。她將被子扔在了地上，將床單剪成了碎片，她渾身打戰，要阿康滾。她說：阿康，阿康，你還是死吧！阿康站在地上，打著冷戰，牙齒格格地響：你要我死，我就死，他忽又淒婉地加了一句：我死了，你能活好嗎？米尼的心都要碎了，她將頭在床架上撞著，阿康拖住了她，她就將頭往阿康瘦骨嶙嶙的胸口撞著，閉過了氣去，阿康一聲一聲地將她喚醒，兩人哭作了一團。他們不知道事情怎麼會弄得這麼糟，米尼一個勁兒地怪阿康，阿康一個勁兒地怪米尼，世上的話都說盡了，就是不說和解的話。他們覺得，事情已成定局，再不可挽回，這是不可挽回的，時間不會倒退。想到這裡，米尼就發癡似地哭，眼淚流成了血，阿康早已軟了，死人一般。黎明漸漸地來臨，天亮了，他們一個縮在床頭，一個縮在床尾，嚶嚶地哭著，像兩頭受了重傷的鬥獸。

都說離婚難離，他們卻離得分外容易，手續很快批了下來，也沒什麼財產，僅一間房間一個查理。房間是和查理連在一起的，要就都要，不要就都不要。兩人推讓了一會兒，就決定給了阿康，米尼要回娘家去了。

這天上午，米尼將自己的四季衣服整理出來，放在一口帆布箱裡，就是她插隊落戶用的那一口箱子。她想起，也是在一個上午，她來到了阿康家裡，偷偷摸摸，做賊似的。阿康沒有去上班，站在她身後，準備她一走，就回父母家搭伙去。他們兩人沒再多話，眼淚早已哭乾了，只是心裡還有點恍恍的，覺得事情很奇怪，怎麼就到了今天。他們環顧了一下這個房間，然後就分頭走了。

第三部

後來，當米尼有機會回顧一切的時候，
她總是在想：其實阿康時時處處都給了她暗示，
而她終不覺悟。這樣想過之後，
她發現自己走過的道路就好比是一條預兆的道路
現在才到達了現實的終點。

八

米尼的阿婆已經老得走不動了。由於嚴重的風濕，她成天圍坐在被子裡，躺在大房間攔出的走道的床上。房間裡住了米尼哥哥的一家，另一朝西的小間住的是姊姊的一家。米尼回來之後，就與阿婆睡在一張床上。每天晚上她將身子伸進那濕冷的被窩裡，外婆的瘦腿就像枯槁的木頭，尋著米尼身體的熱氣倚了過來。阿婆靠在高高的枕上，骷髏般的臉上嵌了一對灼亮的眼睛，她說：米尼，你怎麼好意思回來的呢？米尼說：這是我的家，我想回來就可以回來。阿婆又說：我們不是斷絕關係了嗎？米尼就反問道：什麼時候斷絕的？我怎麼不知道？阿婆說：你不是不再回來了嗎？米尼說：我這不是回來了嗎？阿婆氣了，眼睛像午夜的貓似的，射出逼人的光芒，厲聲說：這是我的家，你不能想走就走，想回來就回來。米尼笑道：你說是你家，卻怎麼只能睡在走道裡呢？阿婆的身子微微顫著，然後又平靜下來，說：你不也是睡走道裡嗎？米尼裝作睡著了，不回答她的話，過了一會兒，就眞地睡熟了。等她醒來時，天已微亮，阿婆倚在枕上，眼光亮亮的。她想：難道阿婆一夜都不曾睡下嗎？

現在他們一家倒分了四家起伙：哥哥一家，姊姊一家，阿婆一家，米尼又一家。阿婆對米尼說：她應當支付她一份水電房租。米尼說：我正要和你算賬呢，這幾年我可是連一份生活費也沒拿過。阿婆反問道：你向我討生活費我向誰去討？米尼笑道：我並不是向你討，是向我的父母討。阿婆臉一沉，說：你這樣大的人了，卻還要吃父母的，要臉不要臉？米尼更笑了，說：吃父母的倒沒什麼，吃兒女的卻有些難爲情了；並且，吃了兒女的不算，還要把孫兒的一份吃進去，這是要臉還是不要臉呢？阿婆鐵青了面孔，裝作沒有聽懂的樣子。米尼暗中窺伺著阿婆床頭上了銅鎖的樟木箱，覺得其中必有一些名堂。阿婆將鑰匙藏了起來，而且時刻守在床上，她無法去察看箱子裡的祕密。

像這樣的對話，她們幾乎每天晚上都要進行。

有時候，阿婆會用兩隻炯炯有神的眼睛看牢了她，看了一會兒才說：米尼，你好醜啊，怪不得你男人不要你呢！米尼說：那就是阿婆你作的孽了，你要俏一些，也算爲我們兒孫做了一點好事了。阿婆笑了：那是你沒有見過我年輕的時光，人們都說，誰家能娶這家的女兒呢？米尼也笑了：現在可一點也想不到了，阿婆你老得多麼厲害啊！阿婆就說：米尼你到了我這個年紀，會是什麼樣子的呢？也許是想到米尼也會到她這樣的年紀，她便得意地笑了起來，張開了嘴，露出一個黑洞。米尼看出了阿婆的心思，臉上流露出嚮往的神情，說道：我到了阿婆這個年紀，阿婆將在什麼地方呢？阿婆很寬容地說：到我這個年紀？這不是每個人都可以做到的事情。她看出米尼不屑的眼神，臉上的表情更溫和了：在你這樣的年紀，總是心高氣盛，好像世上樣樣事情都可做到。米尼說：我至少可以比你做得好一些。阿婆說：別的事情我不知道，這樣的事情你最好不要誇口。米尼有心地問：阿婆，這樣的事情是什麼事情啊？阿婆的臉白了一陣，回答說：就是這樣的事情。

米尼曉得阿婆不敢說這樣的事情就是死，更是緊追著問，阿婆就會氣餒。可是，像這樣的談話，她們雙方付出的都有點太多，受了重傷似的。之後，她們祖孫倆會在很長一段時間裡，互相很懼怕的，彼此都很警戒，而且很小心，好像生怕對方會害自己似的。有時她們在深夜裡醒來，睜著眼睛，卻裝作熟睡，聽著對方造作的鼾聲，直到天明。

阿婆越來越怕死，吃著昂貴的高麗參。有一天，她坐在床上，米尼坐在房門口擇菜。她倆方才還在一句去一句來地鬥嘴，然後就靜了下來。過了一會兒，米尼看見在她菜籃子旁邊，有一線極細的水流，緩慢卻不可阻擋地伸延過來。她抬頭沿了水流尋去，看見這水流來自於阿婆的身下。阿婆已經死了，睜著眼睛，放大的瞳孔顯出極其幽遠的樣子。

人們尋找了很久，最後在木棉枕芯的深處找到了阿婆樟木箱的鑰匙。在箱子的最底層，有各式各樣的存摺，活期、死期、貼花，加起來有兩萬七千元。還有一大包米尼的父母從香港的來信，信都寫得簡單，問平安而已。米尼的父母從香港回來了，穿著花色很鮮豔的衣服，臉色卻都疲倦而且黯淡。他們帶回家用電器，還有許多衣物，分送給左鄰右舍。大殮過後的一個晚上，他們帶了兒女孫輩，在國際飯店包了一桌，也請了阿康。阿康也來參加了大殮，他溫文而整潔的外表，以及他主動赴喪這一行動的大度不凡，給米尼父母留下了良好的印象。後來，當聽說米尼父母在爲回程的船票爲難的時候，他便說他可以去試試，第二天竟眞的送來了船票。於是，米尼父母也請他一同赴宴，算作答謝。闊別多年的父母與兒女圍坐在餐桌邊，彼此都十分生疏，多年的怨隙已被時間和形勢淡化，兒女之情也變作一樁遙遠的事情。加上飯店裡的豪華氣派與餐桌上的繁文縟節，使清貧中長大的孩子深深受了約束。大家都沉默，偶爾說幾句話，也像外交辭令一樣。惟獨阿康好些。他很得體地稱呼米尼父母爲伯伯和伯母，在恰當的時節建議敬酒，他還以不失文雅的態度調侃幾句，說一些輕鬆的笑話，最終使這家人的團聚圓滿地結束。席間，他和米尼好幾回眼睛遇到了眼睛，他們對視著，感覺到他們之間很深刻的默契。於是就有些傷感，調開眼睛了。飯後，米尼父母叫了一輛出租，帶了幾個孫兒先走了，哥哥嫂嫂騎自行車回家，姊姊姊夫則搭乘公共汽車，阿康問米尼：你怎麼走？米尼說：隨便。阿康又說：我好不好和你一起走？米尼又說：隨便。於是，阿康和米尼一起走回去。

他們兩人並肩走在南京路上，使米尼想到：他們已經多久沒有這樣走過了？阿康問米尼：要不要吃東西？米尼還是說隨便，阿康曉得隨便就是同意的意思，就買了兩塊冰磚來，一邊吃一邊走著。米尼又想到：阿康從不曾對自己這般殷勤過呢！心裡酸酸地想哭，又有點快活。走了有半站路，米尼就問阿康結婚了沒有，阿康卻問米尼結婚了沒有。米尼說還沒找到男人，阿康也說還沒找到女人，米尼就提了那小姊妹的名字。阿康笑了一下，說結婚是沒有什麼意思的。米尼說那麼當初爲什麼要和我結婚，阿康說明明是你要和我結婚。米尼說，就算是我要和你結婚，她不是也要和你結婚嗎？阿康說：我逃不過你，卻逃得過她。米尼追問：爲什麼逃不過我，卻逃得過她？阿康就說：你是一隻母老虎！米尼說：你自己才是老虎呢。這時，兩人走過了一個音樂茶座，門上亮著閃閃爍爍的霓虹燈。阿康提議進去坐坐，米尼說她從來沒去坐過，阿康也說他從來沒去坐過，於是兩人就折回頭走了進去。進去之後，米尼卻覺得阿康是進來過的，他很熟門熟路地帶了米尼找到一張角落裡的火車座坐下，阿康又在分內的飲料外多添了幾種，擺了一桌子。米尼說：阿康你出手很大方嘛！在哪裡發財呀！阿康說：因爲和你在一起啊，我很榮幸。米尼冷笑道：我只不過是像鞋底一樣的女人。阿康就說：那要看是什麼樣的鞋底，鞋底和鞋底也是不大相同的。米尼終於忍不住笑了起來。這時，就有個歌手開始唱歌，米尼見四下裡的女人都穿得很時髦，顯得自己十分寒磣，也十分蒼老。阿康靠在椅背上，抽著菸，燈影遮住了他的臉，只見一股蒙蒙的煙升騰著，爾後又彌漫開去，在彩燈下變幻著顏色。米尼有些辨不清阿康的面目，覺得他變成了一個陌生人，心想：他們分別了有多久了啊！電聲音樂如雷貫耳，燈光使她暈眩，恍恍惚惚地望了阿康，不知他在想什麼。她輪番將面前的飲料喝了一些，一支歌就唱完了。阿康說：米尼，你坐到我旁邊來好嗎？米尼心裡不願意，卻不知怎麼站起身，繞過桌子，到了他身邊。阿康將胳膊環了她的脖子，一股熱流漸漸地湧上了她的全身，她將頭靠在阿康的肩膀上，感覺到阿康的呼吸在她耳邊吹撫。她心裡充滿了奇異的感覺，她想，她和阿康就像一對戀人似的。阿康在她耳邊輕輕地說：米尼，今天晚上我們回家好嗎？米尼心裡一跳，嘴裡卻問：回什麼家？阿康說：回我們的家呀！米尼還裝糊塗：哪裡是我們的家？阿康就在她耳朵上親了一下，米尼的眼淚一下子流了下來，她想：阿康是第一次對她那麼親熱。她緊緊地偎依著阿康，就像一個初戀的女孩一般。歌手又唱歌了，是比前一支更喧鬧的，米尼啜泣著，將眼淚擦在阿康的臉頰上。阿康抽著菸，煙霧籠罩了他們，米尼覺得就像在夢境裡一樣。米尼哭著，嗅著阿康身上熟悉的氣味，心裡充滿了喜悅，覺得有什麼東西回來了，可又悵悵的，覺得另有一些東西是過去了。她說：阿康，你知道我這些日子是怎麼過的嗎？我睡在那老太婆旁邊，一夜都好像有風涼颼颼地吹過，是從骨頭裡吹過去的，我就以爲我也要死了，阿康你大概從來沒有和這種半死不活的老人在一起睡過。現在，要我一個人再到那張床上去睡我是很害怕的，可是，有什麼辦法呢？她嘰嘰咕咕地說著這些，阿康很耐心地聽著，又好像沒聽，他的手撫摸著米尼的肩頭，另一隻手抽菸。那老妖精不讓我太平，米尼繼續說道，她總是說，你怎麼回來了？你的男人怎麼不要你了？你不是不回來了嗎？你男人不是不放你回來的嗎？我知道那老妖怪是在報復我，她不敢報復我哥哥和我姊姊，她怕他們，非但不敢報復他們，還怕他們會報復她，只好報復我，可是最後她自己死了，也不知道是誰報復的，誰又是爲了什麼報復的。阿康，你說這事情有多麼奇怪？說到這裡，她住了嘴，將眼前的飲料依次又喝了一遍。阿康說：我們回家吧。她順從地站起來，跟了阿康走了。

大街上很涼爽，路燈照耀著光滑的柏油路面，他們上了一輛無軌電車，兩人像年輕的朋友那樣手挽著手。然後，他們下了車，走在他們熟悉的街道上，進了弄堂。阿康摸出鑰匙開了後門，誰家電視裡在預告明天的節目。樓梯上很黑，拐角處堆滿了雜物，他們憑了感覺準確地繞開了，走進房間。米尼伸手摸到開關，燈亮了，房間的擺設依然如舊，散發了一股淡淡的霉味。米尼就像出門了幾日又回來了似的，她懷了好奇而又興奮的心情在房間裡走了幾步，鬆動的地板在她腳下吱吱地響著。然後，他們就上了床。他們像一對初婚的男女那樣激動又不知所措，遲遲地不動手。他們笨拙地摟抱在一起，親吻著，米尼說道：阿康，沒有你我沒法活啊！活著也像死了一樣。阿康說：米尼，你在的時候我不覺得，你不在的時候我倒覺著了。米尼驚喜道：阿康，你的話是真的嗎？你再說一遍好不好？阿康說：我已經忘記了，真是對不起。於是米尼又哭又笑，敲打著阿康，說：阿康，你是要我死，你是存心要我死啊！阿康大聲說：米尼，你不要瞎講，我怎麼敢呢？我不敢的呀！米尼說：你的意思是，你不捨得，對嗎？阿康說：是不敢！他們久別重逢，激動得要命，快樂無邊。後來，他們漸漸地平靜下來，躺在床上，望著窗帘布後的月光，聽著人家的自鳴鐘噹噹地打著鐘點。米尼一會兒覺得好像時光倒流，一會兒又覺得好像在作夢。她問阿康：我是怎麼又到了這裡？阿康說：問你自己呀！我不知道，米尼說。阿康就說：我更不知道了。停了一會兒，米尼又說：阿康你嘴裡不說心裡還是離不了我的。阿康就說：你嘴裡心裡都離不了我的。米尼說：就算是這樣，那又怎麼？阿康也說：就算是這樣，那又怎麼？米尼說：沒怎麼。阿康就說：沒怎麼。米尼先笑，後是哭，她想：他們兩人在一起是多麼快樂，卻偏偏不在一起了；爲什麼許多在一起快樂的人不能在一起，而在一起不快樂的人卻偏偏要在一起？她把她心裡的疑問問阿康，阿康也說不知道。她忽然想起了那個小姊妹，不由噗哧一聲笑了。阿康問她笑什麼，她說：現在我倒成了第三者，她可以吃我的醋了。阿康就說：大家都是第三者。米尼想著做第三者的味道挺不錯，被人吃醋的味道也不錯，這是一種侵略者和優勝者的味道。米尼問阿康，現在還和不和她睡覺？阿康不回答，越不回答，米尼越問，問到最後，阿康只好說：你不應當這樣自私，都這樣自私，人和人之間還有什麼溫暖。米尼就擁住了他，說：我把我的溫暖都給你。阿康說：你應當把溫暖給更多的人。米尼感動地想：和這個男人在一起，很尋常的事情都變得有趣了，愁苦會變成歡樂。

這一個夜晚慢慢地過去了，第二天是一個星期天，米尼走在回家的路上，心裡不時地想著：她怎麼又和阿康在一起了？和阿康在一起的念頭溫暖著她的心。她想起與阿婆一起度過的那些夜晚，好像又一次感覺到阿婆濕冷的雙腳，不由打了個寒戰。早晨清新而蓬勃的陽光驅散了這寒意，她心裡很明朗。而她此時還不知道，她已經朝向她命運的深淵跨出了最初的步子，墮落就在眼前了。她心裡只是一味地喜氣洋洋，她想：過去的日子多麼黯淡呀！晚上，她又去了阿康那裡，阿康像是知道她會來似的，在房間裡等著。他們放著好好的夫妻不做，卻偏要做一對偷情的男女。他們嘗到了甜頭，不捨得放手，一夜又一夜地共度良宵。他們說著世界上最纏綿的情話，你愛我，我愛你的，將過去的芥蒂統統遺忘在腦後，將來的事情也統統遺忘在腦後。他們各自度過各自的白天，在天黑以後偷偷聚在一起。白天的事情他們隻字不提，誰也不問誰在白天做了什麼，誰也不告訴誰在白天做了什麼。她們對白天完全不負責任的，只管在黑夜裡做愛，這是最輕鬆最純粹最忘他也最忘我的做愛。然後他們就躺在床上，等待天明，一邊開著很無恥的玩笑，互相取笑並挖苦做愛時的表現。他們不知道他們已經漸漸地克服了廉恥之心，爲他們不久即將來臨的墮落的命運做好了準備了。

過後，米尼才想起他們說的那些下流的玩笑其實是越來越迫近的前兆了。後來，米尼將在許多黑暗或明亮的日子裡，對了別人或只是對了自己，回憶她所經歷的一切過程。在這回憶的時候，她將對所有快樂的、痛苦的、羞恥的、光榮的，都失去了感覺，她麻木不仁，就好像那是一段關於別人的傳說。可是，她卻會越來越發現：一切都是先兆，她好像是從預兆裡走了過來，走向命運的淵底。從此，她將在地底的深處瞻望著太陽，陰影幢幢地從陽光普照的大街上走過。

米尼和阿康度過了最最熱烈的兩個星期的時光，開始慢慢地平靜下來。這種平靜的狀態使米尼感到很愉快，她想這就像勞作之後需要休息一樣。她快樂地度著一個人睡在走廊上的夜晚，與阿康的那些夜晚就好像是堅實的前方或者後方一樣，她以這些爲資源作著美夢，容忍著哥嫂的冷臉。然後，去阿康那裡，就成了米尼生活的一部分內容了。她保持了不疏不密的間歇，去阿康那裡，有時過夜，有時不過夜，過夜的時候也不全是做愛。這種新奇的愛戀生活，使她身心都充滿了激動又平靜的感情。這一天晚上，她去看一場工廠間組織的電影，散場之後，她走在街上。路燈照耀著路面，汽車一輛一輛從她身邊開過，高樓上方的天空裡，懸掛有半個月亮，還有幾顆星星。她覺得有些孤單，便轉身上了一輛汽車，朝阿康的亭子間去了。這不是一個事先約定的晚上，所以米尼想：阿康不一定在家。可她還是決定去試一試。阿康果然不在，她用她自己的鑰匙開了門，打開了電燈，在燈下坐了一會兒，就獨自上床了。就在上床的那一瞬間裡，她心裡升起了一個很奇怪的念頭，她想：阿康有沒有別的女人呢？她又想：阿康既能和自己這樣，那麼會不會和別的女人也這樣？她還想：阿康不再是她的男人了，他是可以和別的女人的。這個念頭使她興奮起來，她決定在房間裡搜索一番，看有沒有別的女人留下的蛛絲馬跡。她一個抽屜一個抽屜耐心地翻找著，抽屜裡幾乎沒什麼東西，阿康將自己的衣服都搬到父母家裡，這只是一個空室了。她在大櫥裡找到了自己的幾件舊衣服，衣服上散發出一股陳年的樟腦味，使她心動了一下，想起了一些遙遠的情景。她將床底下也檢查了一番，掃出許多棉絮一樣的灰塵。她終於什麼也沒有找到，可是，心裡的疑慮非但沒有消除，反而更強烈了。她喪氣地躺回到床上，抱了膝蓋想道：為什麼每一回見面，阿康都要事先預約，並且要說定。假如她說「也許來，也許不來」那樣模稜兩可的話，就會遭到阿康果斷的拒絕。她還想起她不在場的所有時間，阿康究竟在做什麼？她甚至想起阿康做愛時的種種陌生和新鮮的手法與表現，那又是與誰共同培養的呢？她這才想起在與阿康重逢之前，他們所分離的那一長段時間，那一段時間，阿康是怎麼度過的呢？她心中的疑團滾雪球似地越滾越大，由於找不到證據，她恨得牙癢癢的。她捶著床綳，床綳發出「咚咚」的憤怒的聲音。她在心裡說：阿康，阿康，你到底在做什麼？得不到一點回答，她甚至流出了氣惱的眼淚，深深的妒忌折磨得她不能安眠。流淚使她漸漸平靜下來，她在心裡慢慢地醞釀著一個捉姦的計畫，然後她便疲乏地睡著了。

大約是早晨五點鐘的光景，屋裡還是一片漆黑。米尼被門鎖的聲響驚醒了，阿康推門進來，兩人都驚了一跳，阿康說：你怎麼在這裡？米尼說：我為什麼不能在這裡？兩人都有些惱怒。米尼又說：你怎麼這種時候回來？阿康就說：我為什麼不能這種時候回來？兩人就僵在那裡。弄堂裡牛奶車叮叮噹噹地推了進來，掃地的也來了。天有一點亮。他們兩人的臉，在晨曦中顯得很蒼白。停了一會兒，米尼緩緩地問道：她是誰？這話一出口，她的心就狂跳起來，她不知道等待她的是什麼樣的回答。阿康一怔，這一怔並沒有逃過她的眼睛。阿康說：什麼她不她的？我不懂。米尼冷笑道：你怎麼會不懂呢？你心裡是很明白的。阿康心裡開始擂鼓了，他想：她知道了些什麼呢？可是他又想：即使她知道了，又怎麼樣呢？他爲自己的膽怯很生氣，就說：看來你心裡也是明白的，那我就不說了。米尼的心停止了跳動，她忍著發抖，強笑道：我並不明白，你倒說說看。阿康想：原來她只是訛自己的，不料卻被她訛了出來。心裡很惱，乾脆橫下了心來。米尼也想：原來只想訛他的，卻訛出了實情。她心中的疑慮眞的變成了事實，反感到一陣輕鬆，卻又萬念俱灰。阿康脫掉西裝，解開領帶，使米尼又一次痛心地想道：他穿西裝是多麼好看！阿康往沙發上一躺，將窗帘拉開了，晨光照射進窗戶，天大亮了。你確實不大明白，阿康耐心地說道，現在我們之間已經沒有約束了，我們彼此都自由了，事情就是這樣；對你的方針政策是，來，歡迎；去，歡送，事情也就是這樣。我不要聽你講大道理！米尼叫道。可是這不是大道理，這只是一般的道理，阿康解釋道。米尼絕望地哭了起來。她連連叫著「阿康」、「阿康」的，卻說不出一句話來。阿康等她哭得差不多了，就說：你也好起來了，我要睡了。米尼聽了這話就抬起了頭，眼睛裡幾乎冒出了火，使阿康望而生畏。她陰慘地笑了，說：

好啊，來吧，我會讓你睡好的。阿康往沙發裡一靠，說：我不睡了。爲什麼不睡？米尼下了床，赤著腳來拉他，阿康竟掙脫不了，被她拉到了床邊。這時候，他火了，奮力把米尼推倒，說：你教我倒胃口！米尼躺在床上，叫道：你也教我倒胃口！心裡卻痛得要命，她說：阿康，阿康，我哪一點待你不好，我總是待你那麼好！阿康就說：米尼，你怎麼也這樣乏味，眞教我失望透了，我以爲你和別的女人不一樣呢！聽了這話，米尼心如刀絞，覺得阿康是又知心又無情，她眼淚流了個滿枕，哽咽得說不出一句話。阿康說：你在這裡，我走了，你走的時候，別忘記了鎖門。說罷，就出了門去，留下米尼一個人在屋裡。米尼躺在床上，太陽已在前弄升起，還沒有到後弄，人們踏著快樂的步子去上班或者去上學。她心裡想著阿康，一會兒流淚，一會兒咬牙，有一會兒，她想把他殺了，可是又覺得殺了也不解恨，於是她就簡直不知道應該怎麼辦了。後來，她想，她要報仇他，她也要讓他嘗嘗吃醋的味道，她也要去找個男人。可是，有哪個男人能像阿康這樣呢！她頓時又覺得暗無天日了。她在床上一直躺到中午，肚子餓了，咕咕地叫了，她不知道爲什麼心裡這麼難過，肚子卻還照樣地餓。她起了床，穿好衣服，正準備出去，門卻開了。進來的是查理。

她說：查理，你怎麼來了？查理說：阿康叫我來的。她說：阿康叫你來做什麼的？查理又說：不是你讓阿康叫我來，說你要請我吃西餐，去「紅房子」。她想把查理罵出去，又一想算了，就說：阿康一定是弄錯了，不過，我可以請你吃餛飩。查理說：葷素豆皮和雞肉生煎吧！米尼看著兒子，想道：查理怎麼和阿康一模一樣，一樣地調皮，一樣地討人嫌。她深深地嘆了一口氣，鎖上門，和查理一起出去了。查理已經和她一樣高了，走在她旁邊，像個大男人似的。皮膚和阿康一樣白，卻比阿康結實，肩膀厚厚的，像一堵牆。她想道：查理已經十三歲啦！心中不知是喜是悲。母子二人乘了兩站汽車，到了淮海路上的葷素豆皮店。米尼去占位子，給了錢和糧票讓查理買籌子，忙了一陣，兩人才算坐定。等查理的一份豆皮下了肚，米尼問道：爸爸有女朋友了嗎？查理想了想說：不知道，我是不管阿康閒事的，阿康也不管我的。米尼說：像你這樣的人，沒有人管就完蛋了。查理說：那也不見得。然後又問：米尼你有沒有男朋友呢？米尼說：我的閒事也不需要你來管。查理說：米尼，你要嫁男人，千萬不要嫁阿康這樣的了，你嫁個香港人吧！外公外婆不是在香港嗎？讓他們給你找個男人好了。米尼喝住他，叫他住口。他卻一逕說下去：到了那時候，米尼你發財了，阿康給你倒洗腳水你也不要啊！米尼不由被他說笑了，嘴裡還罵他不學好倒學壞。吃完了，查理抹抹嘴，說：米尼，你給我一點錢好嗎？米尼本不想給他，可想想又給了他兩塊錢，把他打發走了，然後自己一個人慢慢地朝家走。

之後，他們有兩個星期沒有見面，再後來，又開始見面，在亭子間裡過夜。兩人對那天的爭吵隻字不提，就當沒有那回事情。而那天的爭吵就好像突破了一個禁區似的，阿康不再對米尼躲躲藏藏，解除了警戒，房間裡有時會很大意地留下女人的髮夾、內衣，甚至一只女人的手提包。米尼眼睜眼閉，裝作不懂得這一些，也不去多想。她的緘默似乎使阿康生出了一點歉疚的心情。有一次，在高潮過去之後，他們疲倦而又有點憂傷地躺在床上的時候，阿康問道：米尼，你眞的除了我外，沒有別的男朋友嗎？他的話幾乎叫米尼落淚，她強忍著眼淚笑道：有啊，怎麼會沒有呢？而且不止一個。阿康認眞地看著米尼的臉，又說：假如你有別的男朋友，我會有一點點難過，不過，我不會干涉你的。米尼扭過臉去，用肩膀擦掉一滴眼淚，說：你怎麼會難過呢？這也太教我好笑了。這一回，阿康並沒有與她調侃，而是很異常地沉默了一會兒，然後說：男女間的事情有時候很說不清楚。怎麼說不清楚呢？米尼以很輕鬆的語氣問他，可是心裡沉甸甸的，她不知爲什麼，這個晚上，會覺得很傷心。阿康說：好像，有時候並不是爲了男女間的事而去做男女間的事的，可是結果卻做出了男女間的事。米尼笑道：你這話，聽起來就像繞口令：牆上有面鼓，鼓上有老虎，老虎要吃鼓，鼓破老虎糊。阿康卻繼續認眞地說：男女間的事看上去像只救生圈結果卻是個圈套，落進去了就想爬出來，爲了爬出來，就去拉牢另一只救生圈，想不到非但沒有脫出舊的圈套，反又落進了新的圈套，圈套套圈套。米尼一味地笑，說阿康繞口令的本領是一流的。阿康說：我說的眞話。然後就一賭氣，翻身睡了。米尼靠在枕上，望著阿康的後背，眼淚在往心裡流。她問自己：爲什麼這樣難過呢？還有什麼可以難過的？她隱隱地覺得這個夜晚很不尋常，好像有什麼事情要發生了。會發生什麼呢？

過後的有一天晚上，米尼按講好的時間來到亭子間裡，阿康卻不在。房間裡有一個剃平頭的瘦高的男人，有一張黝黑的長臉，鼻梁高高的。他對米尼說，阿康今晚有事，讓他來與米尼說一聲，他是阿康的朋友。米尼怔怔地看了他，心裡覺得，她好像在什麼地方見過這個男人，可她又清楚地知道自己絕對沒有見過這個男人。平頭將半枝香菸在菸缸裡掐滅了，然後說：我們找個地方坐坐去吧！說罷就站了起來，好像認定米尼不會提出異議，於是米尼就跟在他身後出了房間。他有一輛摩托，停在後弄的門口，米尼想起她進來時是看見過這輛摩托的。

她坐在平頭的身後，在疾駛中不由自主地抱住了平頭的後腰。平頭的皮夾克發出一股皮革氣味，夾著菸味，這菸味是要比阿康的辛辣得多的。風從耳邊呼呼地過去，有人在看他們，她心裡生出了虛榮心。平頭的摩托在南京路東亞大飯店門前停住了，她就隨了他上樓，有穿了制服的年輕朋友給他們開門。電子音樂如旋風一般襲來，燈光變幻著顏色，光影如水，有紅男綠女在舞蹈。米尼茫茫地跟在平頭後面，繞過舞池，她感覺到燈光在她身上五彩地流淌過去，心想：這是什麼地方啊！她險些兒在鋪了地毯的台階上絆倒，然後就在窗下的座位裡坐下了。窗外是一條靜河般的南京路，路燈平和地照耀著，梧桐的樹影顯得神祕而動人。米尼驚慌地發現，上海原來還有這樣美麗的圖畫，她在此度過了三十餘年卻剛剛領略。音樂使她興奮起來，有一會兒她甚至覺得很快樂。她已經有很久不曾快樂了，快樂離她多遠啊！她想找些話和對面這個男人說說，可是這男人很沉默，抽著菸。她就喊他：喂！他說：有什麼事？米尼問：是阿康讓你帶我來玩的嗎？是的，他回答。喂！她又喊他，你知道阿康去什麼地方了嗎？他說，阿康沒告訴我，只說他有事，請我幫個忙。米尼說；你們是怎樣的朋友呢？可以幫這樣的忙，阿康也幫你和你的女朋友玩嗎？他笑了笑，沒有回答。米尼見他有些心不在焉，自尊心便受到了打擊，就再喊他：喂！你要是覺得陪我玩就好像上班似地很無聊，我們也可以回去的。那男人回答說：這和上班是兩回事，互不搭界的。說完又沒話了，眼睛看著舞池，燈光如煙。這時候，米尼覺得有點受這男人的吸引，就不再多話，靜靜地坐在那裡。坐了一會兒，又忍不住了，問道：你在想什麼事呢？那人就說：聽音樂呢。米尼說：耳朵都要聾啦，說話也沒法說。他就讓她不要說話。米尼很無趣地住了口，想這男人爲什麼這樣嚴肅。他招手叫來服務員，又要了幾種飲料和點心。米尼想這人出手要比阿康闊綽得多了。她漸漸地有些消沉下來，默默地吸著塑料麥管，望著窗外，電車無聲地駛過，載著看完電影回家的人們。這時，他卻對她說話了，問她還想吃些什麼或者喝些什麼？他的態度裡有一種溫存的意味，使米尼受了深深的感動。他竟還提議帶米尼去跳一圈舞，當米尼緊貼在他冰涼的皮夾克的胸前，感受著他的摟抱的時候，她有些昏昏欲醉。她在心裡叫道：阿康，沒有你，我也很快樂！回到座位上的時候，兩人就沒有再分開，而是胳膊環著胳膊坐在了一起。米尼想：這一個男人是誰？那人說要走，米尼就跟他站起身走了。摩托的發動機聲劃破了夜晚的安寧，馬路兩邊的樹木飛快地掠過，當摩托從一輛轟然而來的載重卡車輪下一越而過的時候，她心裡升騰起一股快要死了的快感。哦，這個晚上啊！她昏昏沉沉地想著，就到地方了。那人停下摩托，熄了火，然後挽了她的一隻胳膊送她上樓，開門進了房間，卻並沒有走的意思，而是脫了夾克坐下了。米尼喝醉了似的，靠在床架上，對那人說：謝謝你，今天我很開心，開了眼界。那人笑了，開始抽菸。米尼嗅著他的菸味，有種心蕩神怡的感覺，微微笑著。那人慢慢地吸完一枝菸，然後站起來，開始脫衣服。米尼問：你要做什麼？那人只是笑，他的笑容多了起來，不像方才那麼吝嗇了。他繼續脫衣服，米尼有些糊塗，想著他究竟做什麼。房間裡充滿了從他夾克上散發出來的皮革氣味，使她開始頭痛。當他脫到只剩一件襯衫的時候，米尼突然間明白了，她從床上跳起來，叫道：你走，你走開！那人伸出一隻手掌，就將米尼推倒在床上了。米尼哭了，說：阿康是讓你來幹這個的嗎？又說：阿康你到底要做什麼呀！可是她不再抗拒，那人的愛撫使她很舒服，那人像是很懂得這一行的，他使米尼的內心充滿了渴望，米尼最後地嚷了一句：阿康，你等著瞧吧！就再也說不出話來。那人赤裸著，卻獨獨穿了一雙藏青的錦綸絲襪，米尼奇怪自己這樣神不守舍時卻還注意到了這個。那人的精力和技巧都是超凡的，米尼忽而迷亂，忽而清醒。那人的手法使她不知所措，傻了似的，這卻是天下第一次的體驗。她沒有任何念頭，只剩下感覺，她注意力空前地集中，不爲任何事情分心，眼瞼底下只有一雙藍色光亮的襪子在晃動。那人的持久力是空前的，並且能有一種長久地維持在高潮之中的本領。米尼氣息奄奄地伏在枕上，那人卻大氣也不喘一聲，翻身坐起，自己拉開被子蓋上，靠在床架上，猝然間，他哼起了一支歌曲。那洶湧澎湃的痙攣漸漸平息了，米尼聽著那人唱歌。電燈靜靜地照耀著房間，她緩緩地想著一些沒有邊際的事情。這時候，她明白了一樁事情，那就是，阿康請來這個人向她還債。從此，阿康與她，就兩清了。她收乾了眼淚，抱著枕頭靜靜地聽那人唱歌，心中沒有悲也沒有喜。

那人唱完了一支歌，低頭看看她，說：你可不大行啊！而你又不是小姑娘了，所以，你就比較落後了。她聽那人說話，就好像在聽外國人說話，竟不能懂。她問道：你說我什麼不行啊？那人就說：功夫不行。米尼心想：阿康在什麼地方認識這個流氓的呢？可是嘴裡卻說出了那樣的話，她說：那你做我的老師好嗎？那人說：歇一會兒吧。歇過了一會兒，他眞的又動起手來。這一次，米尼用了心思，去揣摩他的心意，並做出反應。結束之後，那人說：你還算聰敏；然後又加了一句：你就要靠這聰敏來彌補。米尼覺得他的這句話說得很精到，暗中有些佩服。停了一會兒，米尼又提出了那樣奇怪的問題：阿康也和你的女人睡覺嗎？那人不回答這樣的問題，米尼也不追問，又說：阿康的功夫在你看來好打幾分呢？那人說：你除了阿康以外，還有沒有別的念頭呢？有，米尼說。什麼？那人問。你呀！米尼笑答道。那人也笑了，說米尼實際上要比看上去有趣一些。

夜裡一點鐘的時分，那人起來穿好衣服走了。他像貓一樣悄然無聲地下樓梯，來到後弄的窗下，只聽見摩托發動了，嗖一下出了弄堂。米尼靜靜地躺在電燈下，聽著他的摩托聲在大街上呼嘯而遠去，心裡漠漠的，什麼東西也沒有。後來，她睡著了，夢見阿康走了進來，笑嘻嘻地問她，怎麼樣？她朝阿康做了一個極其下流的手勢。這手勢在今夜晚之前，她是不懂的，這使她動了一下，醒了。屋裡空蕩蕩的，一盞電燈照耀著。阿康已變成極其遙遠的事情。一隻貓在後弄裡人家的牆沿上叫著，然後跳了下來，米尼聽見牠身子落地時柔軟的聲音，心想：一隻貓。過了許久許久，她才想起來，阿康在拘留所裡，曾經遇到過一個平頭。

九

米尼再一次和阿康見面，是和平頭在一起。她後來想：這一定是他們事前就約好的。那天，他們在另一家音樂茶座裡，聽平頭喊著「小姑娘」、「小姑娘」的，不知道在喊誰。回頭一看，卻是阿康帶了個女孩，年紀輕輕的，在不遠的地方。他們說：多麼巧啊，怎麼你們也在這裡，然後就四個人坐在了一張桌子上。那時候，米尼已經和平頭好得一個人似的了。平頭給她錢用，她也就不去上班，工廠間的情景想起來就像作夢一般。靜下來，她想過一個問題：平頭手中的錢是從哪裡來的？她猜平頭也許是一個落實政策的資本家的小開，或者就是強盜。她想了一陣沒有想出答案，就對自己說：何苦去管這些閒事，就把這個問題擱開了。他們四人坐在一起的時候，阿康的眼睛不看她，看著別的地方。米尼說：阿康，怎麼樣？他說：一般化。米尼說：我倒是很好。他就說：那好。平頭很豁達，在阿康的面前，並不做出與米尼親熱的樣子，米尼倒想與他做得親熱，卻總給他迴避掉了。他還把阿康的女孩邀出去走走，讓他們單獨說話，米尼卻說：我也要去，就跟了出去，剩下阿康一個人。走到門口，阿康卻也跟了出來，四人就在馬路上逛著。有時候這兩個人走在一起，有時候那兩個人走在一起，米尼卻不曾和阿康單獨走到一起過。米尼想和阿康在一起，阿康卻總是走開。米尼就在背後說：阿康，你不認識我啦？阿康就說：認識認識。米尼哧哧地笑。後來，他們四人逛得有點厭了，就商量去看一場電影。電影是一場老掉牙的電影，只有那女孩說沒看過，於是，四人就買了票進去。米尼坐在平頭旁邊，平頭坐在女孩旁邊，女孩坐在阿康旁邊。平頭抱了胳膊打瞌睡；女孩認眞地看電影，一邊嗑瓜子；米尼和阿康坐在那裡，眼睛望著屏幕，心裡卻想著各自的心事。他們中間隔了兩個人，誰也看不見誰。電影銀幕忽明忽暗，米尼盼著電影快快結束，又不知結束之後該做什麼。她覺得這樣坐在電影院裡非常浪費時間，耽誤了什麼事情似的，她有什麼事呢？阿康起初還很安心，黑暗隔離了他們。可是當他逐漸習慣了這黑暗，於是這黑暗變得明亮起來的時候，他卻又更加明確地感覺到了米尼的在場。米尼的在場有一種威懾力量似的，使他越來越感到煩躁不安。但這只是他墮落的最後一步，走完了這良心上的最後一步，他就徹底沉淪到底，也就安寧了。平頭睡熟了，打起了響亮的鼾聲，女孩去推他，他卻一頭栽倒在女孩的懷裡，女孩也不推開，用一隻小手慢慢地摩挲他短短的髮茬。他們兩人的親暱，使阿康和米尼顯得有些孤獨，他們默默地分開坐在這支小小隊伍的兩頭，有一陣子心裡感到了難過。可是緊接著電影就結束了，燈光大亮。平頭睜開眼睛，左右看看，然後一躍而起，精神抖擻的，馬上要去作戰的樣子。那女孩很滿足地站起來，眼睛還看著屏幕，將最後一行片名看完，才挪動了腳步。他們站在電影院的台階上，再一次商量要去什麼地方。女孩很天真地仰頭看看平頭，又看看阿康，十分信賴的樣子。米尼忌恨地想道：她是多麼年輕啊！平頭說：我有一個地方，可在那裡共同度一個快樂的夜晚，去不去？女孩說去；阿康有點猶豫；米尼則不懂得「共同度一個快樂的夜晚」究竟是什麼意思；平頭用長長的胳膊將米尼攬住，不由分說地推她去了。

那個地方在江對岸，他們四人乘上輪渡，漸漸地離了岸。就在離岸的那一刻裡，燈光一躍而出，在米尼眼前升騰而起，一展無餘。她望了那岸燈光漸漸地遠去，與她相隔了一條黑色的湧動的江水。星星在這個城市的上空慢慢地鋪陳開去，布滿在了她的頭頂。那岸已在極遠處了，在黑暗的天水之間留下一道溶溶的亮線。輪渡靠岸了，他們四人相繼上了岸，天上有一輪月亮。他們走在月光下荒蕪的道路上，兩邊是殘磚與廢瓦，一幢幢新房矗立著，遠處有工廠機器的轟鳴聲，天際有晚霞般的光芒。他們四人都有些沉默，尾隨了平頭走過一片瓦礫堆，又來到一個空地。他們四人漫漫地走在空地上，亂了隊形，這時，平頭唱起歌來了。歌聲在空曠的野地裡傳了很遠，米尼打了一個哆嗦，然後就平靜了下來。平頭很熟練地在新樓之間穿行，走上了一道黑暗的水泥砌的樓梯，樓道的牆上有一面鏤空的窗洞，用瓦片搭成美麗的窗櫺，月光透了進來，照亮他們的面孔，花影在他們四人的臉上移動。他們一直上到頂樓，平頭打開了一扇門，又拉亮了燈。這是一套兩間的新工房，牆壁還未裝修，粗糙的地坪上留著石灰白色的斑跡。兩個房間各有一張床，還有桌子和椅子，一些簡單的家什。廚房的煤氣灶上，有一個水壺，還有幾副骯髒的碗筷。他們四人先在朝南的一間裡坐著，兩個男的抽菸，女的則嗑瓜子。米尼問這是誰的房子，平頭說這是他一個朋友的，分配了房子，還沒有人住，空關著，有時就借來用用。米尼揭開花布窗帘朝外看看，對面的幾幢樓裡，亮著幾個窗口，樓頂上豎著幾架電視天線，襯在深藍的天幕前。她想她怎麼到這地方來了？後來，平頭對女孩說：去燒一壺開水。女孩去了之後，又回來要火柴，拿了火柴出去之後就沒再回來。他們三人又坐了一會兒，平頭站起身說，要去一趟廁所。推開房門走了。房間裡就剩下阿康和米尼了。這時候，米尼正說一件事情說到一半，就繼續說著，說完之後就沉默了下來。沉默了一會兒，米尼說：這兩人去哪裡了，怎麼還不回來。阿康不作聲，卻笑了一下。兩人又坐了一會兒，米尼就站起來說，我去找他們。廚房裡並沒有他們的人影，煤氣灶上燒了一壺水，已經響了；廁所裡也沒有人；而另一個房間的門卻關著，黑著燈。她推了推門，沒推動，門從裡面插上了。米尼頓時明白了，不由地怒火沖天，她敲著門，叫道：平頭，平頭，你出來！裡面沒有一點聲音。她急了，就用腳踢門，接著叫：平頭，平頭，你還不出來嗎？門裡靜靜的，似乎並沒有人在。米尼深深地覺著受了欺負，她想：什麼燒水，什麼上廁所，原來都是騙局，是一個大陰謀。她憤恨得失去了控制，眼睛冒著火花，她破口大罵，罵這男人是流氓、罵這女人是娼婦，罵這是一對狗男女，在一起做最下流，最無恥的勾當。她用頭撞著門，把門撞得咚咚響。阿康見她鬧得不像話了，就出來拉她，叫她不要這樣，這樣會把鄰居驚起的，那就麻煩了。她掙脫著阿康，尖聲叫道：我才不怕呢！我就是要叫大家都來看看，看這對狗男女在做什麼事情，看這對狗男女在做這種事情時是什麼樣子的！她的聲音那麼淒厲，神情又那麼癲狂，她用留長的指甲剜阿康的臉，又去抓門，門被她抓得「枯滋枯滋」響。裡面的人有點嚇壞了，大氣不敢出，像死了一般。阿康用盡全力捉住她的手，將她拖回房間，推在門上，用身體壓著她。她感覺到了阿康熟悉的身體，她恍恍地想：這身體已有多麼久沒有觸摸了啊！阿康頂住她的胸脯，用嘴堵住了她的嘴。阿康嘴裡那股熟悉的氣息使她虛弱下來。阿康放開了她的手，抱住了她，撫摸著她。阿康的手法是那麼熟悉，是她刻骨銘心的，永遠無法忘懷的。阿康的手法又比以前更溫柔，更解人意了。她漸漸地忘記了方才的事情，抱住了阿康的脖子。阿康將她慢慢地拉到床前，開始脫衣服。就在阿康的身體脫離開她的那一刻，她陡然又清醒起來，她哀哀地哭罵著：阿康，你這個不是人養的東西！阿康，你這個狗養的東西！她決定不好好地與他合作，要教他半上不下地難受。可是阿康的身體將她的意志一次又一次地摧毀了，她無法與他搗蛋，她和他搗蛋就是在和自己搗蛋。與平頭做愛之後再重新與阿康做愛，這感覺是新奇無比，使她滿心地歡喜。由於平頭加強培養了她的領悟力和創造力，她從阿康身上加倍得到了快樂。她也使阿康感到了吃驚，她感受到阿康逐漸增高的激情和喜悅。他倆將他們間的一切恩怨都忘了，盡情地作踐著對方和自己，終於到達了最高的境界，又從最高境界中跌落下來，像兩條斷了脊梁的落水狗一樣，趴在枕上喘息著，歡樂的熱情像落潮一般一層一層褪去。米尼喘息了一會兒，忽然輕輕笑了起來，這笑聲使阿康感到毛骨悚然。米尼說：你注意到了嗎？阿康，那樣的方法是我新學來的。阿康說：你總是很勤於學習的。米尼又說：我現在曉得，這事的學問很大的，你卻一點不教我。她撫弄著阿康，阿康說：還是你教我吧。好啊！米尼說，我還會另一種方法呢！阿康感到了害怕，可他知道害怕是沒有用的，只有反攻爲守，才可擺脫困境。他想：他這一輩子總是以防守爲主，結果搞得很被動。他倆一上一下地對視了一會兒，眼睛裡射出了不友善的光芒，然後，便開始了第二回合。米尼一開始還占著上風，可漸漸地就抵擋不住了。她說不出是喜是悲，只是連連地叫：好啊！阿康，好啊！阿康。阿康自始至終沉默著，臉上還帶著隱約的笑容。夜深了，風在窗外颼颼地遊蕩，船泊在渡口，等待凌晨時分第一班過江的航行。他倆不知什麼時候沉沉地睡去，床上的被褥被糟蹋得很不像樣。米尼覺得自己的身體變成了一個散了架的破船，在波濤裡沒有目標地漂浮。不知他倆中是誰拉滅了電燈，黑暗中有一隻手挽住了她脖頸，她忽然醒了，發現身旁躺的是平頭。平頭在她耳邊絮絮地說道：希望她能理解，理解是最重要的；大家都是祖國的男青年和女青年，不應當把你我分得太清楚，個人和集體的關係要擺正。米尼心裡很平靜，覺得平頭有點聒噪，不耐煩地扭過頭去，平頭卻又以他的粗獷和果敢去愛撫她，使她又轉回頭來。平頭與她玩出百般花樣，使她欲罷不能。在她比較清醒的間隙裡，她便想道：原來這就是大家共同度過一個快樂的夜晚。她不知道這是不是快樂的夜晚，可是說它不快樂也是不公平的。米尼漸漸地陷入一種心蕩神怡的迷亂之中，她驚心動魄地哀鳴著，使得久經沙場的平頭也不禁覺得有些過分，想罷手，米尼卻不放過他了。晨曦一點一點照進窗戶，將這一對精赤條條的男女照得微明。第一線陽光射過來了，灼痛了米尼的眼睛，她這才像洩了氣的皮球一樣癱了下去。停了一會兒，她笑微微地問道：平頭，我怎麼樣？平頭喘息未定地說：你，一級啦！米尼這才滿意地合上了眼睛，當她醒來時，平頭還在她身邊睡著，像一條死狗一般。窗外在下著瀝瀝淅淅的小雨，那屋也沒有一點聲息。

下午四點鐘的光景，他們四人擺渡回到了浦西。遠遠看見外灘花紅柳綠，遊人們安閒地憑欄眺望對岸，遊輪汽笛長鳴，正駛向海口，江與海的分界線在遙遠的吳淞口閃爍。他們四人下了船，走到南京路，馬路上人群熙攘，萬頭攢動。他們四個，男人和男人在一起，女人和女人在一起，在商店裡穿進穿出，最後來到新亞飯店三樓，在靠窗的桌子前坐下了。他們靜靜地坐著，等待上菜，偶爾交談幾句，不交談的時候，便顯得格外地默契。吃完飯後，他們四人就分手了，阿康和那女孩去，平頭送米尼回家。

此後，這四個人的遊戲又有過一回；然後，有了一段不聚首的日子。他們各管各的，米尼不曉得他們在幹什麼。後來，平頭又邀她出去了，這一回只有三個人，那第三人從未見過面，平頭介紹說是他的一個朋友，從外地來的。他們三人坐了一會兒，平頭就說有事要先走，請米尼代他好好招待朋友。她跟那朋友來到他住的一個旅店，一進房間，那人就要動手，心急火燎的，米尼拗不過他，他的樣子也使她起性，兩人過了半夜。分手時，那人在米尼口袋裡塞了幾十塊錢，說給她買夜宵吃的。米尼淡淡一笑，心裡全都明白了。下一回遇到平頭時，兩人絕口不提上回的事情，僵僵地走了一段路，待到平頭要與她上床時，她說：你既要賺錢，就當節儉一些，少吃一些，多賣一些。平頭臉色一變，甩手要走，米尼卻又把他拉住了，說：開個玩笑罷了，我這個人你又不是不知道。平頭站住了，米尼又笑道：再說我也不好光吃白食的，怎麼也要付出勞動，按勞分配嘛！平頭又變了臉，米尼趕緊又安撫住他，平頭這才沒走。兩人雖說過了一夜，卻走過場似的，沒多大意思。以後也就淡了，而從此，兩人間就建立了另一項密約：只要平頭來個電話，兩人就在某處見面，等第三個到場後，平頭就退出。還有幾次，平頭連到都沒到，只說好時間地點，由米尼單獨赴約。這個女人的精明、冷靜，遇事不慌，使平頭很放心。而米尼從此也明白了，平頭究竟是靠什麼爲生計的。那麼阿康呢？她有時候這麼想。

有一次，她曾經問過平頭，阿康是不是也做這種事情。平頭反問道：哪一種事情？米尼說：就是這樣的事情。平頭微笑不語。過了一會兒，他說：大家都是一條船上的人，我們應當團結。在有一次她和平頭之間氣氛比較融洽的時候，她還問過他：他第一次來找她時，阿康是如何授意的。平頭起先不肯說，米尼就冷笑道：其實我也不必問的，這是很明顯的事情，就是請客和回請一樣的勾當。平頭就說：並不是那麼回事。那是怎麼回事呢？米尼追問。平頭想了一會兒，說：告訴你也沒什麼，你是個聰敏人，樣樣事都瞞不過你的。原來，阿康與他成爲好朋友以後——阿康與他成爲好朋友既可追溯到很遠，也可說是最近的事情，阿康把他自己的經歷都告訴了平頭，很沉重地說他感到對不起米尼，說到這裡，平頭轉臉對米尼看了一眼，說：阿康其實待你不錯，這個我最知道。米尼勉強笑道：我倒不知道了。平頭繼續說，當阿康說了他對不起米尼以後，又說：現在什麼也無法挽回了，只有一條路。平頭問什麼路，阿康說，假如米尼也另有一個男人的話，他良心上才可平靜，米尼就冷笑。平頭說：你不要冷笑，阿康這樣想是對的，這樣你們就平等了，誰也不吃虧了。米尼說：然後你就擔任這個任務了？平頭笑了，說：米尼你的嘴眞是刻薄，不過，我也正是喜歡你這個。米尼冷冷地說：不需要你喜歡。平頭只管自己說下去道：老實講，第一次看見你的時候，是很失望的。你不年輕了，也根本說不上漂亮，你知道，在上海這個地方，年輕漂亮的女孩子是很多的。我覺得和你在一起，又浪費鈔票又浪費青春，我是看在阿康面子上的。阿康是個聰敏人，你也是個聰敏人，我喜歡聰敏人。後來，我就服了你。謝謝，米尼說。你不相信我？平頭忽然說，語氣裡流露出一種少有的委屈，不由使米尼心軟了。當時，是一個閒暇的夜晚，米尼和平頭躺在亭子間的床上。這個亭子間，米尼和阿康平均分配使用，至於在裡面做些什麼，他們彼此從來不問，也很少照面，常常是由平頭在中間傳達意見。這晚他們只稍稍做了些那類事情，然後就躺在各自的枕上說話。他們說了很多，平頭甚至還說了些他自己的事情給她聽。他說他這三十多年裡，在少教所，在勞教農場、監獄、拘留所的時間，前後加起來倒有一半了。他從這些地方進進出出的，門檻都快踏平了，他給米尼看他頭上的傷疤，還有手腕上手銬留下的痕印。米尼說：你這傢伙，終有一天會死在槍口下的。他有些得意地笑了。米尼又說：阿康跟了你要倒楣的。他反駁道：不見得。你也要使我倒楣的，米尼再說。你這樣說倒教我沒有話說了，平頭說。爲什麼沒話說呢？米尼問。平頭先不答，停了一會兒才說：我覺得你們其實並沒有什麼損失，你想想，女人總是要嫁人的，總是要跟男人的，現在不也是和男人在一起，不過數量上多一點就是，好比是批發改零售罷了。你跟了一個男人要燒給他吃，洗給他穿，你還要上班賺工資，養了孩子自然也是姓他的姓，一樣陪他睡覺，你能不陪他睡嗎？而現在，反過來，男人買給你吃，買給你穿，你說哪樣合算？你不要冷笑，我說的是實話。你看，這兩個價格的差距是多麼大啊，這是多麼不合理的事情啊！這是必須要改革的事情。被他這一番道理深入淺出地一說，輪到米尼沒有話說了。所以平頭總結道，你不應當恨我，我們是一條船上的人，你要有主人翁的精神，要有當家作主的精神，要把這條船看做是你自己的船，當然，我們會有許多倒楣的日子，可是，噩夢醒來是早晨，光明總是在前邊。平頭激昂起來，米尼就叫他不要發神經病，平頭抱住了她，說：和你在一起，我心裡好像定了許多。米尼掙脫著，說不要聽他這些騙人的鬼話。他不讓她掙脫，說：米尼，你是一個很有用的女人，不是那種只會給男人找麻煩的女人。當然，開始的時候，你還有些糊塗，在一些事情上不夠明白，可是現在，經過我的培養和教育，你簡直沒有缺點了。米尼好容易掙脫出來，扭過臉不理他，平頭湊過臉去又說：你不是那種只認識鈔票的女人，在我這裡的女人，全是只認識鈔票的女人。米尼轉過臉說：說到鈔票，我正想同你說呢，你也給我找一些賓館裡的生意，也讓我們看看外匯券是什麼樣子的，找來找去都是些外地人，住在狗窟一樣的旅館，一碗雞鴨血湯做點心。這話傷了平頭的自尊心，他沉下臉，半天沒有說話。米尼推推他的肩膀，說：不要緊，繼續努力。平頭撥開她的手，反身卻扼住了她的脖子，咬牙道：你看不起我？你看不起我，我就扼死你。米尼被扼得說不出話來，雙腳踩水車那樣蹬了一會兒，平頭才鬆了手，翻身下床，穿上衣服走了。米尼喘過氣來說：再會！平頭沒有回答，開門走了出去，不一會兒，窗下就響起了摩托車起火的聲音。

這一個不歡而散的夜晚，他們互相間了解了許多。

後來，阿康開始和米尼聯繫了，他通過查理去找米尼。只要給查理錢，查理什麼事都願意幹的。而且，慢慢的，他學會了兩頭拿錢，在米尼處說阿康讓米尼付錢，阿康處則說米尼交代阿康付錢。他們上了幾次當後就學乖了，兩人約定，不論怎樣，這錢都是由阿康支付，他才沒了轍。可是他卻提高了價格，說，如今樣樣東西漲價，這一樣不漲是不應該的。阿康火了，就說：你不去叫米尼，我自己去。查理就很狡黠地說：上次我去叫米尼，門口碰到大阿舅，大阿舅問我：叫米尼做什麼？我想了想，就說──阿康笑了：大阿舅會和你說話？大阿舅看見你也未必能認得你的，大阿舅是連米尼都快認不得了。查理就說：他認不得我，我認得他呀！阿康聽了這話，就沉默了。停了一會兒，又笑了，說：查理，我沒想到你是真長大了。查理也笑。他現在基本上不去學校讀書，老師找到家裡來的時候，還沒開口，那父親就問：查理在學校怎麼樣啊？老師說：查理好久不來學校了，你們要管管他。家長就說：他要不回家，歸我們父母管，不去學校，則歸老師管，家，他倒是天天回的。老師從此也就不上門了。查理把米尼喚出來，阿康再和她一起去指定的地點，路上，他們會說一些平常的話，阿康還買一些東西給米尼吃，就好像一對朋友在逛馬路或是去電影院一樣。米尼問阿康還上不上班了，阿康含糊其辭，或者反問說：你還上不上班了？兩人就笑。上班這一樁事變得很荒唐似的，像是另一個世界裡的事情。阿康有時候也說，準備辭去工作做生意。米尼問他打算做什麼生意，他說做水產賺得多，風險卻大，他身體也擋不住，還是做百貨比較好。米尼問他什麼時候辭職，他就今天推明天，明天推後天。米尼曉得他只是說說而已，幹是幹不成的，問他不過是逗他玩玩。否則，在一起說什麼呢？他們已經很久沒有在一起過夜了，過夜的事情也變得很遙遠。有時候，晚上太累了，白天米尼就在亭子間裡睡覺，如果白天在家裡走廊上睡覺，是會引起懷疑和冷眼的。她睡在床上，阿康就坐在沙發上，到了中午去買一些生煎包子來，米尼坐在床上吃了，再繼續睡。阿康不去碰她，她睡著的時候，他就抽菸，或者出去兜一圈再回來。這種時候，他們會想起，他們曾經是一對夫妻時候的生活。尤其是傍晚的時間裡，窗外再下幾點小雨，米尼懶洋洋的，賴在床上不肯起來，阿康靠在沙發上，等她起床。她慢慢地穿衣服，穿長襪，化妝，然後兩人一起出門。天已經黑了，雨點打在他們合撐的傘面上，啪啪地清脆地響。米尼挽著阿康的胳膊，走在濕漉漉的弄堂裡。街上剛亮起路燈，水氣溶溶地照耀著。他們從新造的中外合資的大飯店門前走過，銳利地辨認出那些躑躅在附近馬路上的女孩，她們大都摩登而高傲，使米尼自愧不如。她驚奇地想到：即使在地獄裡，人似乎也分爲一二三四等的，這世界相當奇怪。他們在一個中等的譬如「綠楊村」那樣的飯館裡和他們要見的人碰面，然後就坐下來吃飯。米尼對這人稍作審視，猜想這是哪一類的男人，然後她便可對症下藥。有時她會很自負地想到：她這一生與男人的經驗，可抵過別人一百次的人生。米尼是個肯動腦筋的人，她常常在想：男人是個什麼東西？她覺得她與男人在一起，她是個人，而男人則更像畜生。只要將他們推過一道界線，他們便全沒了理智，全沒了主意，他們就變成了狗樣的東西。米尼的工作是有效地將他們推過這道界線，讓他們做一次畜生，看了他們不能自已的癲狂模樣，米尼覺得非常快樂。她從心裡很輕蔑他們，他們大都不是她的對手，她幾乎不費吹灰之力便可收拾了他們。所以，她想：平頭是男人裡面數一數二的。自從那次分手後，她有較長一段時間沒有見到平頭，過了一些日子，阿康也不見了。她怕他們會被抓進去，她覺得他們，還有她，被抓進去是遲早的事情。過了幾天，她遇到了一起去浦東玩的那個女孩，女孩說，他們並沒有進去，她這才放心。然後，她們兩人就結伴到舞廳或茶座門口去。她們站在那裡，只需做出一些會意的眼神，不久就會有單身的男人來邀她們進去。雖然賺不了什麼錢，卻可消磨一個夜晚。她們稱此爲「斬沖頭」。這年月，上海的「沖頭」是很多的，可謂要多少就有多少。平頭是不大鼓勵她們出去「斬沖頭」，說她們會吃虧，實際上他是怕她們得到更好的機會而擺脫他。米尼對這點很清楚，她明白這也是她制約平頭的條件。而她並不太熱心於這種活動，是因爲這樣自己出馬比較起有人搭橋，就不夠體面，身價要跌落很多。她只是爲了解悶，偶爾才去那麼一二次。否則，晚上做什麼呢？一人獨處的夜晚，使米尼感到懼怕，她總是要逃避這樣的夜晚的。

有一天，阿康來了。帶了一筆生意，是在一個朋友的家中，他們在裡間，阿康在外間裡等，然後和米尼一起回家。他告訴她：平頭也回來了。這些日子，他們原來是去了深圳。他們有一個計畫，這計畫就是：去深圳做一筆生意。第二天，平頭果然來找米尼，帶給她些衣服鞋襪，也提起了深圳的事情。深圳這個地方很使米尼嚮往，她想這是一個不尋常的地方，上海已經使她膩味，在那些客棧似的旅館裡幹那些勾當，賺個二十三十，也使她膩味。而深圳卻有那麼多美好的傳說。平頭說那裡生意要好做，收入也可觀，當然，開銷會比較大的，不過，他們可以勤儉辦事，先苦後甜。他們很興奮地討論著，就好像一百年前外省人要闖上海灘的情景。這天晚上，他們沒有分手，兩人渡江到浦東那房子裡過夜。前一次不歡而散的情景他們隻字不提，只嚮往著美好的未來。平頭說：怎麼樣？米尼說：隨便。然後平頭就開始脫衣服，米尼躺進平頭的懷裡時，發現自己這些日子是在懷念他了。阿康呢？她問自己，回答是不知道。平頭使她又激動又快活，她情不自禁地對他說：平頭，你是在哪裡學得這樣流氓啊！平頭不說話，只笑。她漸漸地癲狂起來，就像她使那些男人所變的那樣。她越來越失了控制，所有的意識都從她全身上下一點一滴地出去了，她也變成了一個畜生，就像她讓那些男人變成的那樣。她完全失了廉恥，一遍一遍地請求平頭。只有平頭才可使她癲狂成這個樣子，使她達到畜生的境界。而她多麼情願做一條狗，在平頭腳下爬來爬去的。只有這時候，平頭才可主宰她，別的時候，她是要比平頭聰敏多的。她癲狂得厲害，生死都置之度外了，她做著最危險的動作，連平頭都害怕得驚叫起來。這時候，外面陽光普照，黑夜早已過去，在明亮的日光下，這一切顯得分外可怖。陽光穿過窗櫺，在他們身上畫下一道又一道，好像兩匹金色的斑馬。

三天之後，他們出發了。他們共有六人，除了平頭、阿康、米尼和那女孩外，又加上了查理。平頭說查理是個孩子，有些事情更易遮人眼目，何況他是那樣機靈，什麼都懂得不比大人少。此外，還有一個女孩，大家都叫她「妹妹」、「妹妹」的。他們是乘火車去的。平頭鼓勵大家，生意做得好，回來就乘飛機。他們中間大多人都沒乘過飛機，一聽就很高興。旅途是快樂的，他們懷了美國人開發西部的探險心情，把許多好夢押寶似地押在了這次旅行上了。他們交流著關於深圳的許多傳言，與上海做著比較，一致認爲：上海是一日一日地爛下去，深圳是一日一日地好起來。查理像個夥計似的，盡心爲大家服務。他跑前跑後地去倒茶送水，報告餐車開飯的時間和菜單價目。他已經十五歲了，看上去則有二十歲，他的體格特別強壯，胸脯上有著厚實的肌肉。他這十五年裡，前後加起來大約有三年的讀書日子，他識的字加起來算大約是二百來個，其中還有幾個英文字，比如「made in U.S.A.」或者「made in Hong Kong」，他在計算方面的知識主要體現在鈔票的進出方面。在這一點上，沒有人能騙過他，任何混亂的賬目到了他這裡，馬上就一五一十地非常明白了。他對鈔票是絕不含糊的，這在他是整個世界和人生中的頭等大事。關於鈔票的觀念代替了他的一切道德、倫理、是非、榮辱的原則。他的父親和他的母親對於他就像是兩個鈔票的發源地，這是使他尊重他們的基礎。他不管他父母是做奸商還是做婊子，只要有錢供給他，這就是稱職的父母，他就是幸福的孩子。他是比他的父輩信念更單純更堅定的一代流氓。像他父輩們還有著許多別的雜念：譬如愛情，譬如稱霸，譬如踐踏別人，等等。而到了他，一切都簡化爲錢了。他除了打雜外，還會向那兩個足以做他姑媽的女孩獻殷勤，使得他父母在旁看了心花怒放。他抽菸已抽得很得要領，早已過了弄虛作假和炫耀賣弄的階段，他擎著菸和父親接火的情景，使米尼看了非常感動。天黑的時候，他們都困乏了，你靠他，他靠你地打著瞌睡。米尼的頭從阿康的肩膀上滾到平頭的肩膀上，她迷迷盹盹的，忽然時光倒流，十六年前夜行客車的情景似乎回來了，那是一列從蚌埠到上海的火車。她昏昏地想道：這是在往哪裡去啊？窗外吹來的風越來越潮濕溫暖，她產生了想洗一個澡的願望。

天亮的時分，他們到達廣州，沒出車站，等著上午十點鐘那班去深圳的火車。女人們在廁所裡做了一番整頓，一改倦容而容光煥發。她們想到這已經到了新世界的門口，便情緒高昂起來。他們吃著乾點和飲料，說著一些互相鼓勵的笑話，然後就上了火車，準點到達深圳。出了站後，平頭就叫了兩輛出租車，六人由平頭和阿康帶領，分別上了車，從車站出發，駛上寬闊平展的街道。他們看見了路邊的商店，還有遠處的高樓以及一些工地。汽車飛快掠過，使他們來不及領略繁榮的街景，已經繞過一片瓦礫場，來到一條小街上。

平頭說，這就是他們投宿的地方。一個老闆娘出來迎接他們，穿了一身綢衣綢褲，說著難懂的廣東話。她帶他們走上臨街的木板樓梯，很慈悲地說，決定給他們一個豪華的套房，因見他們都是老實本分的北方人。套房是兩個相通的房間，總共大約二十平方左右，板壁上糊著塑料牆布，各有一頂弔扇、幾張床，板床上掛了蚊帳。老闆娘又帶他們去洗澡間，在樓下，面對後街，一間蹲式的廁所裡，有一個水龍頭，還有一些塑料桶和舀勺什麼的。然後，他們回到了樓上，坐在裡面的一間裡，神情有些黯淡，他們覺得有些孤獨，茫茫地想道：等待他們的將是什麼樣的命運呢？窗下有人嘰嘰嘎嘎地說話，還笑著。米尼伸出頭去，見石塊路面的兩旁，萬國旗般地掛著五色的衣衫，人們在衣衫下穿行或駐步。路面濕漉漉的，黏著一些魚腸樣的東西，散發出腥味。太陽高照，天空卻布滿了烏雲。平頭說我們出去吃飯吧！他們這才有點振作，將東西丟在房裡，鎖門出去。爲了激勵精神，平頭帶大家在豪華的酒樓享用廣東式的飲茶，使他們感到新奇。這是下午四點鐘的光景，街上依然紅日高照。吃完茶，他們再去逛商店，天就漸漸黑了，華燈初上。

深圳的夜景使他們著迷。他們一剎那間變成了土佬。他們說他們沒有來錯而是來對了。香港來的歌星在舞廳裡引吭高歌，迪斯高舞池的電視屏幕上，播放著香港賽馬的實況，幾股車燈洶湧而來，在路面明亮的反光裡迅速流逝。他們在街上走了很久，來來回回的，平頭指著那些茶色玻璃後面幽暗的門廳，對三個女人說：你們會成爲這裡常客，只要你們賣力。女人們說：那就看你們的魄力了，可千萬別都找的是建工隊裡的鄉下人，如果那樣，別怪我們不給你面子。平頭說：只要你們給我們面子，我們也會給你們面子的。我們要不辭勞苦，走共同富裕的道路。她們說：我們還要互相照顧，做好一條船上的人。這天，他們都很勞累，說出話來難免有些顚三倒四，前言不搭後語。他們微微有些踉蹌地走回他們的住處，那條小街上忽然變得燈光輝煌，幾架大鍋熊熊地燃燒著火焰，嘩嘩啷啷地在炒螺螄。他們從油煙的熱潮中穿過，走上他們的樓梯。悶熱的房間使他們沮喪，弔扇旋轉得十分遲緩，不知是電壓的緣故，還是那老闆娘做過了什麼手腳。他們耐了急躁的心情，依次去洗了澡，然後回來睡覺。查理拎了張席子睡在了門口的木欄杆底下，正臨了繁榮如畫的小街。他們幾人便將門關了，開始過這異鄉客地的第一個夜晚。

他們共是三女兩男，而平頭是可以一當十的。他們以極快的速度沉溺到男女勾當之中，這使他們暫時忘記了他們身居客地的陌生孤獨，以及前途茫茫之感，身心激盪。他們起初還以蚊帳作帷幕，到了後來，便不再需要帷幕，這耽誤了他們的好事，礙手礙腳的。他們漸漸集中到一個房間裡來，好像在舉行一場盛大的肉欲的晚會。到了忘我境界的時候，他們廢除了一切遊戲的規則，一切規則都成了他們狂歡的敵人。這規則使他們爭風吃醋，爭先恐後，製造了不利於和睦團結的因素，他們不得不破了這規則，進行自身的解放。他們好像回到了人類之初原始林莽中的景象。這一座板壁的小樓經不起他們波瀾壯闊的運動，搖搖欲墜著。老闆娘幾次用拖把從下向上敲擊著樓板，他們全沒聽見。

從此，他們繁忙緊張的生活就開始了。他們工作的原則是「顧客即我們的上帝」，無論是走私的港客，還是做工的苦力，無論是白晝還是黑夜。她們有時是在賓館豪華的客房內，逢到這樣的時候，她們就抓緊時機做一個嬌貴的小姐。她們穿了蟬翼似的內衣，事前事後都進行淋浴。她們泡在人家的澡缸裡懶洋洋地瞌睡，很內行地使用著各項衛生設備。然後在餐廳裡儀態萬方地點酒點菜，讓勤懇的侍者在桌旁站得很不耐煩。而當她們不得已只能在自己簡陋的旅店裡服務時，她們也很會因陋就簡。她們將床上的雜物匆匆收拾一下便開始進行，電扇在他們頭頂慢慢地散著熱風，他們大汗淋漓，氣喘如牛。這往往是在運氣不佳的日子裡，她們來不及挑剔客人，她們全是能上能下有過鍛鍊深諳世事的人，懂得「龍門能跳，狗洞會鑽」的發跡的道理。她們一天可以接待幾筆生意，她們的身體都很結實，對那樣的事情也已駕輕就熟，很短的時間內便可達到效果。在這慘澹經營的幾日之後，她們或許就會得到一個豪華的夜晚，那夜晚將她們以前和以後的歲月都輝煌地照亮了。她們在這樣的夜晚中做了一個新人，她們可在這一夜中重寫她們的歷史。做一個新人是多麼快樂，對那個舊人她們已經膩煩了，無所謂了，怎樣都可以了，她們犧牲了她們的舊人而爭取做一會兒新人，這又有什麼不對的地方呢？在她們中間，也有過不合的時候，爲了各自任務分配的不公。有幾次，她們甚至鬧得很凶，罷工，出走，點了鼻子大罵以致動起手來，她們互相威嚇著說要告發對方，激怒的女人使男人們害怕，他們極力要將她們分開，被她們撓得鮮血淋淋。這是他們調教出來的女人，一旦出發是可比他們走得更遠。她們已將她們自己踐踏得不成樣子，再沒什麼值得可惜的東西。她們吃起來不要命似的，可抵過一個半男人。她們有時勞累了一天還不罷休，深夜和凌晨時還與男人們糾纏不休。她們的欲念已經開放，不可收拾。她們不怕熱也不怕累，在正午陽光下的小攤上吃著滾燙的炒粉，汗從她們的額上流下來，破壞了她們的化妝，濕透了她們的衣裙，而咀嚼的快感卻使她們忘卻一切。假如有一天無事可幹，她們便會覺得厭煩和急躁，這是最容易發生糾紛的時候，她們相對而坐，好好地便會鬧起來，將一些綠豆芝麻的小事一一拾撿出來，無限地擴張。男人們爲了不使她們閒著，就加倍努力地工作。他們出沒在大街和小街裡，眼觀六路，耳聽八方，他們認識了一些同行，結成死黨，而又反目成仇。他們爲擴大他們的事業，而使無數頭一回離家遠行的童男長大成人，使無數模範的丈夫背信棄義，做了下流行徑。有時，他們拋下正在行事的女人們，自己跑進一個豪華的酒樓，吃著酒菜，討論著將來的計畫：是做一個百貨的老闆，還是走私黃金的販子。他們有勃勃的事業心和遠大的理想，聲色犬馬只是奮鬥途中的慰問。這時候，他們會發現，眞正親密的關係還是在他們兩個男人之間。他們不太說話，慢慢地抽菸，燭光在他們面前搖曳，映著他們的臉。

查理逐漸被他們培養成人，竟也做成過幾筆不錯的買賣。在他睡在門口廊下的夜晚裡，屋內的騷動逐漸使他明瞭，他想他們不好好做生意折騰什麼，是一種如同犯罪一樣的浪費。他很謙虛地向父輩們學習，在他閒空的時候，就獨自一人去逛，吃著各色東西。他想：這是一個無論做什麼都可賺到錢的地方；他還想：這是一個無論賺到多少錢都可以花掉的地方。這一循環的觀念一下子刺激了他的好勝心，使他覺得前途光明，大有可爲。他的臉上和背上發出了許多青春痘，標識著查理的成熟。

有一天，他們中午回去睡覺的時候，看見查理和那個叫做妹妹的女孩睡在一張床上。他們顯然已經過了一場激戰，兩人酣然入睡，微微張了嘴，發出香甜的鼾聲，像兩個純潔的少男和少女。米尼和阿康將查理打了又打，打得他鼻青眼腫，牙齦出血。打完了查理，米尼又去打妹妹的耳光，妹妹不是那麼好欺的，一邊還手，一邊罵道：我和查理睡覺，你吃什麼醋？妹妹今年剛剛二十，男女間的事已久經沙場。她從沒經歷過愛情的過程，便一躍而入性的階段，沒了感情的負羈，可說是輕裝上陣。誰允諾她利益，她便和誰勾結，誰使她睡得快樂，她也可放棄實利，而爲了得到實利，她卻會掩蓋她睡得快樂這一事實，有時候，她可同時得到實利和快樂這兩樁好處。她是最沒虛榮心的一個，是新一代的婊子。她和查理是天生的一對，事前做了縝密的談判，兩人都不吃虧，一個得了錢，另一個得了經驗，爲他將來做一個皮條客或面首的前途打下了基礎。妹妹指責米尼吃醋的惡語使米尼氣得發昏，她話裡揭露了一層亂倫的意識，叫米尼覺得她是他們父子兩代人的婊子。這個念頭猶如五雷轟頂，米尼幾乎暈了，她想：他們都在幹些什麼呀！她想：他們就像一群畜生！這一剎那間的良知出現使她恐懼萬分，她想：他們要遭報應了；她甚至想道：有一天，查理會來強姦他的母親，距離這個日子，不會遠了。米尼發出非人的咆哮，朝了妹妹撲去，兩人頓時滾倒在地上。窗外是正午的潮熱的南方的太陽，風扇緩慢地旋轉。其餘四個人一起去拉，將她們拉扯在兩邊。米尼說不活了；妹妹說你不活就不活，我可要活；米尼說我不活也不會讓你活，我死就要你死；妹妹說：到頭來死的只是你一個，誰也不會陪你死。米尼無法扭打妹妹，就虐待她自己，扯自己頭髮，撞自己頭，咬自己，這些骯髒日子裡所有的痛楚一起湧上心頭，她想：她還眞不如死了的好啊！阿康去拉她，被她踢倒在地，半天無法起身。阿康的登場使她再一次找到了目標，她踉踉蹌蹌地爬起，要與阿康拚命。兩個女人輕佻地尖叫著，還格格地笑著，米尼的狂怒使她們無比快樂。平頭攔腰抱住米尼，讓他們統統滾出去。

這天晚上，大家都沒有回來，只有平頭留下來陪著米尼。平頭說：你怎麼這樣想不開啊！這不是你一貫的作風啊！米尼不說話，臉朝裡躺在床上，看著牆紙上蚊子血跡斑斑的殘骸。平頭不再多話，溫柔地撫慰她。這是平頭從未有過的溫柔。他將米尼的身子翻轉過來，米尼沒有抗拒。他們開始做愛，兩人都懷了一種少有的寧靜和溫柔。平頭覺得米尼好像走了神，她因爲走神而顯得被動的樣子喚起了平頭少有的一點憐憫，這憐憫心使他對米尼有了少許愛心。這是平頭少有的懷了愛心的做愛。樓下有人嘰嘰喳喳的說話聲，說的那一種聽不懂的語言，老闆娘在看香港電視台的粵語節目，嘎嘎地笑著。窗外有無數電視天線東倒西歪地矗立在鱗次櫛比的屋脊上。平頭禁不住說道：米尼，你不和我好啦？米尼伸手抱住了他，讓他順利地結束。這時候，平頭忽然灰心了，他翻身躺倒在床上，說道：我們回去算了。

兩天以後，他們全軍撤回了。

十

有時候，米尼會想：警察怎麼不來捉他們呢？她從正午的大街上走過，人群浩蕩地走在她的身邊，她覺得有人以奇怪的目光注視著她，這目光常常是從背後傳來，當她轉身望去，卻見身後只有一個孩子，吃著一根雪糕。太陽使她目眩，睜不開眼睛，她覺得人群很快樂，又很悲傷，而這快樂和悲傷統統與她無關。十字路，有一個年輕的警察在指揮交通，陽光幾乎將他照成透明的，車輛在他身前交匯流通。她望了那車輛，就好像是一隊巨大的甲殼蟲。她從警察身前朝了綠燈走去，臉上帶了挑釁的微笑，好像在說：你來抓我呀！她走過大街，忽然覺得自己變成了一隻過街老鼠，身後拖了地板夾層裡潮濕的黑暗，沒有人注意她，人們走路，吃東西，吵嘴，打架，她便在人們紛亂雜沓的腿腳間穿行。他們在做什麼呀？她茫然而驚訝地想。他們不理睬她。

有一天，妹妹進去了。有一個嫖客被捉住，供出他睡過的女人，其中就有妹妹。其實，人們說，這不是一個嫖客，而是一個眞正的流氓犯，他爲了減輕罪行，把他結交過的女人全當做暗娼供了出去。還有一種說法是：妹妹早已被警察盯上，這一日，警察裝扮成一個嫖客，正要行事，卻亮出了手銬。這天米尼和平頭約好，在一起吃飯，米尼先到，平頭來到的時候，就說了這個消息。他說他們要出去躲一躲，不知道妹妹會不會供出他們。他相信妹妹會應付得很好，她從小就待過工讀學校和少教所，可是事情怕就怕萬一啊！他給了米尼一些錢，讓她最好能夠離開上海。米尼決定去蚌埠，那是她比較熟悉的地方。

這已是冬天了，蚌埠的天空飄揚著灰塵般的雪花。她住在一家私人的旅店裡，吃著方便麵和紅腸，從早到晚都圍了一條骯髒的棉被坐在床上，上身則穿了裘皮大衣，雙手袖在寬大的袖筒裡。老闆是一對三十來歲的夫婦，每天在房裡開一桌麻將，直到夜半。有一天，雪停了，出了蒼白的太陽，米尼就出門了。這時候，她已經在這屋裡住了三天，天空在她頭頂顯得很高遠。她找了一個飯店吃了一頓午飯，從飯店出來時，她發現這條街道有點熟悉，沿了街道走去，看見了一家澡堂。她想起很多年前，他們曾在這裡宿夜，那是她與阿康最初相識的日子，這日子已過去了一百年似的。她不由在心裡問道：阿康，你爲什麼不從臨淮關上車呢？她站了一會兒，就向回走去。走到旅館時，老闆房裡的麻將已經開局，她走進去，站在旁邊看，與老闆娘閒聊了幾句。老闆娘問她來蚌埠是出差嗎？她說是的，可接連的雪天使她不方便出門了。老板娘就說雪已經停了，天晴了。她說明天就要辦事了。說完她就回到自己房裡。這天夜裡，她覺得她非常需要男人，她徹夜不能安眠，翻來覆去。老闆房間裡傳來洗牌的聲音，聽來是那麼清脆，好容易到了早晨，她又疲倦又頹唐，她想，今天如若再沒有一個男人，與她做那樣的勾當，她就過不下去了。早上，她去了輪船碼頭，平頭口授與她的經驗，已足夠她經歷一次小小的冒險。很快，就有人上鉤了，這是一個東北人，在這裡中轉。他高大而強壯，臉色微黃，有浮腫的跡象。米尼曉得，這是那類長期離家在外的男人，已憋了一肚子的火了。他請米尼吃了午飯和晚飯，又看了一場格鬥的電影。他說話舉止均粗鄙不堪，隨地吐痰，將鼻涕擦在桌椅的腿上，和他一起吃飯是受罪。可是米尼知道，這樣的人在床上是好樣兒的。她注意到他有一種下流的眼神，言辭中有許多淫穢的用語，這是個老手，米尼心旌搖曳地想。天黑了以後，他們悄悄地來到米尼的房間。米尼的欲望如火山爆發，幾天裡的孤寂、黯淡、寒冷、飲食不良，全轉爲欲望，噴薄而出。他們來不及將衣服脫乾淨，就半穿了衣服行動起來。他們一次不夠，又來第二次，甚至第三次，這才稍稍平息下來。水泥預製件的樓板下面傳來清脆的洗牌聲音，還有人嘰嘰噥噥的說話聲。那人久久地趴在米尼身上，就像一條垂死的大狗，他忽然簌簌地抖了起來，篩糠似地。米尼將他推翻在一邊，他竟像爛泥似地滾落了。這時候，米尼心裡對他充滿了嫌惡，她對他說：把錢給我，你就滾吧！那人卻說還要一次。米尼鄙夷地說：你不行。他非說行，於是又動手，卻果然不行。米尼說：說你不行吧！那人喪氣地起身，穿好衣服，給過錢後，就下了樓去。門縫裡，米尼看見老闆正站在樓梯口，望了她的房門微笑。她心裡就有了一種不祥的預感，開始籌畫回去的事情。夜裡，她作了一個夢，夢見那老闆推門進來，要挾她，要同她睡覺，否則就要去報警。她出了一身冷汗醒了過來，這時才發現自己已是身心交瘁，她已將自己糟蹋到底了。早晨，她收拾了東西，與老闆結了賬。老闆詭祕的眼神，幾乎使她懷疑起來：昨夜的夢境是不是眞實的。她不寒而慄，付了錢就朝外走去。天色又迷蒙起來，用心不善地溫暖著。她在火車站坐了一天，天黑時才上了火車。蚌埠就好像是噩夢一場，她連想都不願想了。她心裡說道：妹妹若是供出了我，就讓他們來抓吧。火車從淮河大橋上噹噹地駛過，她又想道：跑，難道是跑得了的嗎？

妹妹沒有供出他們這一夥，一切安然無恙，平頭崇敬地說：妹妹就像烈士一樣。這天晚上，他們一夥聚在一起，回憶著妹妹的往事：第一個和妹妹睡覺的男人，是她的父親。妹妹從此就從家裡逃了出去，那時妹妹才十三歲，沒有工作沒有錢，全靠大哥哥們的幫助。她在無數奇奇怪怪的地方宿夜，造到一半的新工房、防空洞、橋下的涵洞，可是她也睡過最豪華的賓館客房。妹妹就是這樣長大的，大家都從心裡生出了憐憫，覺得以前沒有好好地待她。平頭說，妹妹很快就要解到白茅嶺去了；她的媽媽去看她，她不肯見，說沒有媽媽，是那人冒充的；後來，承辦員非要她見，她只好去了；一去，她媽媽就哭，妹妹站起身就走，罵道：哭死鬼啊！他們說其實應當去看看妹妹，給她送點東西去，可是，探望必須要帶戶口簿，證明和她的關係，他們這些人裡，是一個也去不得的。米尼心想：白茅嶺是一個什麼地方呢？

阿康告訴米尼，她不在的幾日裡，查理不見了，不曉得到哪裡去了。米尼咬牙道：隨便他去。阿康說：也只有這樣了。米尼由查理想到妹妹，從妹妹想到妹妹的父親，她忽然有點悲愴地說道：阿康，你說我們前世作了什麼孽啊！阿康說，我們前世一定做了許多善事。阿康的調侃教她笑了起來，心想：阿康怎麼一點沒變呢？然後，她和阿康手拉手去看電影。從外地回到上海，米尼心情很愉快，她告訴阿康，她在蚌埠走過了他們曾經住過的澡堂。阿康說：論起來，那是我們的發源地啊！米尼就笑，他們很輕佻地談論著那段往事，笑得要命，好像在看自己的笑話。他們出了電影院就在馬路上漫無目的地逛著，最後去了亭子間。他們已有很長久的時間沒有做愛了，彼此甚至有些陌生，各自都有些對方不了解和不熟悉的手勢和暗示，雙方都意識到在他們中間，已隔了一條時間的河流。事畢之後，他們沉默了很長時間，想著各自的其實又是共同的心事。忽然米尼噗哧一聲笑了，阿康問她笑什麼，她說想起了一樁可笑的事情，阿康讓她講來聽聽，好共享快樂，米尼說不和你共享，他就說算了，兩人繼續沉默。停了一會兒，米尼叫道：阿康！做什麼？阿康問。假如你捉進去了，會供出我嗎？米尼問。阿康就說：假如你捉進去了會供出我嗎？米尼說：你先回答。阿康說：你先回答。米尼說：是我先問，所以你要先回答。阿康說：是我後問，所以我要後回答。米尼笑了，阿康雖不笑，卻也喜形於色。兩人覺得，流逝的歲月裡的舊的情景這時又回到了他們之間。米尼無奈地想，她總是拗不過阿康的，她說：我不會供你的。阿康就說：我會的。米尼又笑，她想：和阿康之間的快樂歲月已經過去得多麼久了啊！他們說笑一陣，就躺下睡了。

後來米尼又一次想：一切都是有暗示的，她在暗示裡生活了多麼久啊，她卻一點也不領悟。

不久，米尼的母親回來了，阿康爲她找了一個價錢便宜的飯店住下。米尼每天早晨過來陪她母親逛馬路，買東西，還去了無錫作二日遊。母親給了米尼一只金戒指、幾套衣服和一些外匯券。這一對母女早已淡漠了血緣親情，陌路人一般，只是客氣相待。在無錫的晚上，兩人住在賓館，忽然間，她們之中滋生出一種親切的心情，使得她們覺得，必須要說一些知心和貼己的話題。母親告訴她，在他們到了香港的第五年，她父親就討了小老婆，也是從大陸去的，廣東潮州人，他們共生了三個孩子。那女的很有錢，會做生意，自然也是非常厲害，把父親管得很嚴。弄到後來，她倒像是大老婆，母親這裡，卻成了小公館，父親只能偶爾回來看看母親，照料一下生意。不過，那女人有一點好，就是逞強，不要父親的錢，說到這裡，母親流露出欣慰的表情。米尼被母親的故事感動，也將阿康拋棄她的事說給她聽，母親耐心聽了之後說道：你前後共做了兩件失策的錯事，一是「引狼入室」；二是「放虎歸山」。就是說，第一，不該將那小姊妹帶回家來；第二，則不該和阿康離婚。和他離了婚，不正好稱了他的心？就像當年我與你父親，如果離了婚，人走了，財產也要分去一半，可謂雞飛蛋打。如今，人走了一半，東西卻都在我手中，他反還要看我的臉色。只不過他的心不在了，可是，人心到底又值什麼呢？人心是一場空啊！母親有些傷感地說道。聽了這話，米尼就說：我原是爲懲罰他，不料卻教他痛快了。母親用手點了一下米尼的額頭，道：你也是聰敏面孔笨肚腸啊！這責備使米尼覺得很親暱，她心頭一熱，說道：媽媽，你如果在我身邊，我就不會吃虧了。母親聽了這話，眼圈也濕了，她想起三十年前離別兒女的情景，那時米尼還是個小孩，穿了背帶褲，現在眼角已堆上了皺紋，她險些兒說出「你到香港來吧」這樣的話了。但她立刻又平靜下來，想起種種現實的問題，就遲疑了。而就在此時，米尼心中也升起了同樣的念頭，這念頭像神靈之光一樣照亮了她的心，在這光芒的照亮之下，她甚至感覺到，她其實一直生活在深夜般的黑暗之中，她很衝動地脫口而出：媽媽，讓我去香港吧！接著，她緩緩地說道，她如今是孑然一身，阿康已離開她，查理這個兒子她也不要了，本就是判給阿康的，她孤苦得很啊！她訴著苦，其實也是讓母親放心，她是沒什麼拖累的。她又說：她是什麼苦楚都嘗過，自信還有一點聰敏，到了香港，如媽媽不嫌棄，就給媽媽做幫手，如覺不方便，她就做別的活。她說：媽媽在香港其實也是孑然一身，媽媽心裡有話對誰去說呢？母親聽著這席話，暗暗驚訝女兒不可小覷，像是經過一番風雨。她想：身邊有這樣一個女兒，會是幫手還是禍害呢？她拿不定主意。米尼漸漸地住了口，她看出母親正在猶豫，心想：應當給她時間，就藉擦淚進了洗澡間，洗過澡才出來上床，一夜無話。過後的幾日裡，她們也再沒提起過這個話題，直到母親臨走的那一個晚上，米尼才說：她從小和媽媽離開，別人有的快樂她都不曾有過，如今在內地也是前途茫茫，在工廠間裡縱然做死了，也得不到多少錢，更何況由於原料的問題，工廠間三天兩頭沒活幹，只有百分之幾十的工資，她已年近中年，算起來，母親也是她這樣的年紀去的香港，不是依然會有一番作爲？希望媽媽也給她一個機會。她說的句句在理，可眞正使母親觸動的只是最後一句話，她沉默了一會兒，說：她當年兩手空空到了那裡，住是住在她兄弟店鋪裡，其實就是個守夜人啊！白天在鋪子裡做工，拿最低的工錢，還要支付飯錢和房租。在那種地方，人人都要憑自己，沒有理由靠別人，如要靠了別人，也須付出代價，其實就是拿自由去作交換，自由是頭等可貴的。母親的話，米尼句句都聽懂了，覺著事情有了幾分希望。但是——母親又說，今日的香港不比當年，人口增加得很多，移民成了壓力，失業的現象很嚴重，事情也許會有大的困難。米尼聽到這話，便覺希望又少去了一半，可是她覺得這才是母親辦事切實與精明所在，於是，希望又再一次地滋長起來。

這是很長久以來，出現在米尼生活中的希望。不過，這希望還相當微弱，稍不留心就會毀滅了它，於是她就小心地將這希望保護起來，成爲她的祕密，暗中安慰著她，啓示著出路。表面上，她依然過著以前的生活，有時和平頭，有時和阿康，風聲過去之後，他們又開始了他們的勾當。這中間，查理回來過一回，他又長高了一截，問他在做什麼，他做出不屑回答的樣子。阿康懷疑他在倒賣外匯，米尼卻說他像拐賣婦女兒童的樣子。他出手很大方，請阿康和米尼到國際飯店吃了一頓，席間，抽著很昂貴的萬寶路香菸。他很無意地問米尼，外婆回來怎麼樣？米尼說沒怎麼樣，心裡卻警惕起來，恐怕查理會插手這事，最後弄得誰也去不成，於是在查理面前沒事人一樣，一字不漏，可是事後，她卻對阿康說了。她覺得他們這做父母的最終會在查理手下翻船。不知爲什麼，她要這樣想，她從查理的眼睛裡看到一種很歹毒的神氣，她想：他們餵了一頭虎啊！這時候，她意識到了危險，遺憾的是，她沒有判明這危險來自的方向。她和阿康說：她有一樁事情，特別害怕半途而廢，希望他能幫她出主意。阿康問是什麼事情呢？米尼就將這事的前前後後告訴了阿康，阿康聽罷就笑道：我們明天就去辦復婚手續吧，我堅持到現在不結婚，是有預見的啊！米尼又氣又笑，咬牙道：我倒不幹了，我要到香港去找個大老闆，要麼你來做我們的聽差吧，做得好，讓你進寫字間，我們的公司很大啊！有一幢洋房那麼大呢。阿康說：也好，然後我們把大老闆毒死，遺產到了你手裡，我們再結婚，就像《尼羅河上的慘案》那樣。說罷又正色問了一句：簽證簽下了嗎？米尼曉得他在嘲諷自己，只作聽不懂，說：機票也買好了，禮拜八的。兩人鬧了一陣，就分手去找各自的朋友，度過這一個夜晚。

日子一天一天過去，米尼很關心郵政，每天上下午都要問問有沒有自己的信，長久地沒有信來，使她的希望平息了。開始，阿康見面，還要拿這樁事作笑料打趣打趣，漸漸地也膩味了，兩人都有些忘記。就在這時候，「拉網」的消息傳來了，在他們經常去的地方，出現一些陌生的面孔，像是便衣。他們不敢出門，躲在家裡，等待風聲過去。爲了防嫌，他們彼此都裝作不認識的樣子，再不作來往。他們像兔子一樣，縮在自己的窩裡，一聽風吹草動，就驚恐萬狀。查理在此時便以他有利的身分，在大家之間傳遞著消息。他現在的勾當是「放菸」，從頭道販子手中得到外菸，然後在大街小巷兜售，除了從中得到回扣之外，還以他慣常的弄虛作假手法，攫取不義之財。比如在外菸的菸殼裡裝進普通香菸，或乾脆以馬糞紙取代，進行巧妙的調包。他做這種把戲可說是百發百中，腿又跑得飛快，當面說謊的本領也很高強，你說你剛見過他，他說一生一世都沒見過你，叫人百般無奈。他的消息很靈通，其中謠言要占百分之九十。他給米尼阿康他們帶去的消息或是最好的，或是最糟的，於是，他們一會兒暗無天日，一會兒雨過天晴，悲一陣，喜一陣。終於有一天，他們發現他們在受查理的愚弄。看了他們驚慌失措，無所歸依，他是多麼快樂啊！這時，他們改頭換面，躡手躡腳，在阿康的亭子間碰頭，他們合力把查理揍了一通。他們想：是不是要去外地躲避一時。逃亡的情景湧上心頭，大家心情都很黯淡，街上正有警車嗚嗚地駛過，他們不由屏息斂聲，等警車遠去之後，平頭慘然說道：其實我們這種人，到底是逃不過去的。平頭竟露出這樣的灰心，使大家心情都很沉重。平頭忽又振作道：所以我們就要盡情享受自由的日子！他將手伸進身旁米尼的懷裡，很緩慢又很有力地撫摸著。米尼先還抵擋，漸漸軟弱下來，將頭垂在他胸前，閉上眼睛。忽然，一聲銳利的尖叫驚醒了她，原來阿康他們在沙發上早已如火如荼。米尼睜開眼睛，目不轉睛地看著他們，還對平頭說：你看啊，他們，他們！他們也看他們，他們互相觀望著，還取笑和誇讚著。在高漲的情欲裡，他們不再感到恐懼和灰心，有的只是快樂。他們精神抖擻，情緒昂揚，他們曉得一旦達到頂點便會走下坡路，於是就將到達頂點的道路無限期地延長。他們合夥做著這些，心想：這爲什麼要是一個人對一個人的事情，這應是大家的事情。他們共同地想道，哈哈地嘲笑著那種怕死的觀念。他們越到後來就越像一場集體肉搏，他們全力以赴，浴血奮戰，抵制著恐懼的末日的心情，和即將來臨的危險頑抗，他們拚命要將害怕從心裡驅趕出去，他們要使全部肉體都來參戰，他們把電燈開得亮堂堂的，照耀著他們精赤條條的肉身，他們將身體弄得骯髒不堪，使盡一切下流的手段。這樣，他們就不害怕了。查理一人走在路燈燦燦的馬路上，心裡罵著「我操你」那類的髒話。他穿的可說是出奇地體面，牛仔裝、耐吉鞋、電子錶，抽著外菸，他摸打火機時將一塊錢抽落在地上，有人說你的錢掉啦，他回過身去，看看那路燈下靜靜的一塊錢，然後噗哧地笑了，他從口袋裡摸出一疊十元的鈔票，對那人說：你看，你看。他心裡忽又高興起來，沿了馬路朝前走去。

亭子間裡終於偃旗息鼓，那四個人是眞正死了，到了地獄。他們好奇地望望頭頂的電燈，那電燈激烈地搖晃之後，正漸漸地停擺，光影的晃動使他們好像乘在一艘下沉的船上。

幾天之後，平頭進去了。他進去之後，米尼就想：他這樣的人不進去才怪呢！平頭進去是因爲涉嫌了一起殺人案，死者是一個賣淫的女孩，後來查明平頭和此事無關，可卻又查出他別的事情。米尼覺得，坐牢的命運是不可避免的了。她天天坐在家裡等待著逮捕，街上走過一輛救護車，都被她以爲是來抓她的警車。後來她又聽說平頭至今不承認皮條客的罪行，只說他是一名嫖客，並供出了幾個與他有過關係的女孩。她幾乎魂飛魄散，好幾次想去自首。然而，一個星期很平靜地過去了，沒有人來找她，阿康也安然無恙。米尼眼看著就要支持不住，覺得已經崩潰了。這時候，她竟接到了母親的來信，信中說，可以幫助她去香港。米尼感激得嗚咽起來，她想這眞是天無絕人之路，以前的灰心絕望是不對的。激動之中，她跑到阿康那裡，告訴了他這個消息。她再沒想到這就是她所犯下的一連串錯誤中的最後一個錯誤。她把媽媽的信給阿康看了，阿康說：現在你可以去申請護照了。米尼就問他應當辦些什麼手續，阿康說可以幫她去打聽。米尼心裡湧起一股暖意，她想起了他們作爲夫婦的最美好的時光。這天，他們在一起過夜，親熱時阿康在她耳邊說：到了香港，不要忘了他，他們也可算是患難之交啊！米尼感動地貼近了他，和他做著山盟海誓。這一夜就好像是初婚之夜，他們和好如初，不計前嫌，阿康格外地溫柔體貼，情意綿綿。米尼想：她的阿康回來啦！她想起他們分別了那麼長久，這樣分別的日子是怎樣糟蹋和無望的日子啊！她禁不住淚流滿面，啼哭不止。阿康就極盡安慰之能事，囑咐她即使到了香港，也不可放鬆了警惕，那也是一個是非之地啊！米尼淚眼蒙蒙地想到，她終可以逃脫這裡的一切了，心裡喜洋洋的。這一夜作了許多美夢，也夢到了平頭。

米尼平安度過又一個星期，她漸漸放下心來，對平頭升起無窮的感激。她想：現在平頭要害她僅是一張嘴的事情，可他沒有害她，可見還是一個有情人。米尼想：她造了這麼多孽之後終於要交好運了。這時候，阿康很努力地爲她跑護照的事情。過後，米尼常常想：阿康究竟是以什麼樣的心情在做這一切？她百思不得其解。辦護照的過程中遇到許多困難，這期間，他們就像夫妻一樣生活在一起，一起住，一起吃，一起辦事。等風聲漸漸過去，阿康就又出去活動，找了幾樁生意。米尼內心是不想幹的，她很害怕，她想：可別把事情弄糟了啊！可是經不住阿康求她，也不忍掃了阿康的面子，她知道阿康是很重面子的。而她幹那種事情的時候不免就有些分神，心不在焉的，並且缺乏了耐心，剛開始就想著結束的時候。有時候，她自己也想做得更好一些，可一到時候就又不耐煩了。此外，她還有些挑剔阿康找來的生意，說這是個白癡，那是個鄉下人。阿康感到受了深深的侮辱，覺得她身分還沒變，眼界已變了，就冷笑道：你不是還沒拿到護照嗎？你我眼下還是腳碰腳的朋友，將來的事情將來再說吧！他還說：即使是到了香港那種地方，也是三教九流樣樣行當都有，弄不巧你還得吃這碗飯，吃的還是人家的剩飯。米尼被激怒了，想與他說什麼，又覺得說什麼都無益，不如不說，走著瞧。就更加起勁地跑護照，幾天不上阿康處來。可是沒有料想到的是，阿康卻來找她，什麼都沒發生過的樣子，使米尼心軟了。她想阿康是個自尊心很強的人，以往吵架，無論是對是錯，從來都是她讓步，如今他能走出這一步，實在很可貴了，她便也不再堅持。阿康請她吃飯、喝咖啡、跳舞，氣氛融融之間，不免會說那樣的話：米尼你到了香港後，會很快忘記我的。米尼就說：不會。他不聽米尼的，兀自說下去：在那樣的地方，女人的機會很多，當然，米尼你不要誤會，我說的不是那種不好的意思，像你這樣聰敏又能吃苦的女人，到了香港，會如魚得水；那時候，你會把這裡的事情統統忘記；這裡的事情回想起來，就像一堆垃圾和糞便。米尼連連說道：不會不會，心中對阿康充滿了憐憫。她甚至想勸阿康到好就收，「歇擱」算了，可又怕阿康生嫌，就換了個話題問道：什麼時候去做百貨生意呢？阿康停了停說：百貨生意是說時容易做時難，現在實際上已過了最好的時機，一些原來做百貨的人都紛紛轉向，有的去販西瓜。我這樣的身體，販西瓜是有困難的。米尼看看他，想不出他操了刀站在西瓜攤前的樣子，斯文白淨的阿康應是一個做經理的前程：穿了西裝，繫了領帶，身後還跟有祕書，乘著自動電梯，上上下下，像廣告裡的那樣。後來，米尼反覆地回想著這一段與阿康的相處，才發現阿康一直在譏諷和耍弄她，好比一隻貓在安撫一隻老鼠，而米尼蒙在鼓裡，被愛情沖昏了頭腦。這時候，米尼因對阿康的憐憫，而百依百順，無論讓她做什麼，她都不拒絕了，但心裡是很害怕的。

她常常作噩夢了。夢見自己被抓了。手腕上分明感受到被手銬鉗住的痛楚，這痛楚來自於對平頭手上傷疤的回憶。平時聽來的關於監禁的許多故事都在夢醒之後湧上心頭，再加上自己的想像，使她害怕得了不得，她想：這地方是再也留不得了。平頭沒有消息。平頭不在，阿康變得很活躍。米尼想道：長期來，阿康一直是處在平頭的壓抑之下。他起初是因爲對平頭的畏懼才做了這行當，而如今平頭進去了，他便可做平頭的角色了。長久來，他一直以他的陰柔和平頭的魯勇周旋，贏得一方立腳之地。逐漸地，平頭將他當作了心腹的朋友，而他卻一直將平頭當作敵人，他對平頭一邊是畏懼一邊是利用，既是主子又是奴才。他盼著平頭的事情快快結束，暗中希望能把平頭槍決了，這可使他徹底安全，也可使他永遠占領他竊取的平頭的位置。阿康是那種膂力很弱的男人，他從來都感覺到自己處於被襲擊的危險之中，而他又無還手之力，他便時時警戒別人，將任何人都看作是他的敵人。他以他很強的心智與人較力，在暗中得勝。由於這勝利不是顯赫的，得不到公開的慰問與激勵，他常常會懷疑這勝利的價值，而需不斷地證實他的優勢。有時候他會做得很殘酷，又總是乘人不備之時。如今雖然他嘴上還是說與平頭同樣的話：我們是同一條船上的人，事實上他卻做了霸主，壓榨著一船的奴隸。這陣子，有時候米尼竟會懷念平頭，她想：平頭這個徹頭徹尾的流氓身上，有一種不可多得的好處，那就是：義。而阿康恰恰沒有這個。

阿康的事業在很短的期間到了高峰，他著手組織一次出行，去深圳附近一個名叫「石獅」的地方，他說那是個好地方，黑暗的工廠裡，童工們生產著譽滿全球的女人的胸罩。米尼不願去，阿康說：希望你能站好最後一班崗。米尼說：最後一班崗她已經站過了。阿康懇求她再站一班，米尼不答應。阿康又說：這一次，不要她親自上陣，只請她做自己一個有力的幫手，他好像要把米尼培養成一個女皮條客的角色。米尼覺得他是嫌自己老了的意思，就更不願去了。阿康又拿那樣的話來刻薄她，說她想跳龍門，只怕自不量力，結果連狗洞也鑽不成了。米尼也氣了，說，今後，我們橋管橋，路管路，各人做各人的。阿康猝然變了臉，罵了聲極其下流的話，米尼吃驚地望著他，因阿康無論做多麼下流的事情，嘴頭上卻始終乾乾淨淨的。米尼笑了，說道：「罵得好！再來一句。」阿康慢慢地轉過臉色，他漸漸平靜下來的臉色，使米尼反而害怕起來，這就像是一個凶兆似的。後來她知道自己的感覺是有道理的。阿康轉過臉色，說道：好的，就這樣好了；那麼，我們再見。他最後地看了米尼一眼就走了。米尼一個人在那亭子間裡過了一夜，第二天就拿了自己的東西回了家裡。阿康他們離開上海，使她感到輕鬆。可回家後發現，她藏在手提包裡的兩張存摺，一張定期的和一張活期的都不見了。她立即想到，這是阿康幹的好事，她咬牙罵著「賊胚賊胚」的，想想算了，再想想又覺得不能算，就起身到阿康父母家裡去找人。阿康母親根本不理睬她，她對了門罵了一通只得出來。阿康父親跟在她身後，告訴他，阿康和查理昨晚就出門了，大約要過一兩個月才回來。阿康父親已十分衰老，卻奇異地胖著臉頰，使皮膚有一種兒童般的肉紅。米尼望望他笑笑，不再理他，逕直走了，心裡恨恨的。走了一段，又悲哀起來，想著：這錢是她怎麼賺來的啊！他阿康難道不知道？

幾天以後，米尼終於拿到了護照。她此時此刻還不知道：再有幾天，阿康他們在石獅將被一網打盡。這一回他們同去的都是一些年輕的女孩，沒有經驗，仗了自己青春貌美，誰也不服誰的氣，內部因爭風吃醋，爭名奪利引起的糾紛層出不窮。阿康由於急功近利，在第一件事情上沒有處理妥善，走錯了一步，結果一步錯步步錯，犯下了一連串的錯誤。弄到後來，他常常顧此失彼，事情越來越糟。本來應當到此為止，趕緊打道回府，興許還有條生路，不知怎麼卻硬是在那裡堅持。這一次出門，阿康好像失控，往日的聰敏和冷靜都不見了，顯得急躁和力不從心，做了許多不該做的事，最後，終於失足。

阿康供出了米尼。這一著棋是他準備已久的，只是覺得時機未到。他原來是想等米尼辦好了簽證，再去派出所，以一個覺醒的嫖客的身分告發米尼，他的計畫是讓米尼從希望的頂峰直跌到深淵。他見不得別人的希望，尤其是見不得米尼的希望，米尼的希望於他就像是服刑一般，使他絕望。米尼就好像是他自身的一部分，他不允許這部分背叛另外的那部分。他所以遲遲沒有行動，還因為他想米尼根本拿不到簽證，她的母親只是說說而已，並不是真心出力為她辦出境簽證，甚至她只是哄騙米尼。他滿心喜悅地等待這騙局拆穿的一日，那時候，米尼將多麼悲傷。可是當他住在拘留所裡，在那燈光照耀，明亮如晝的深夜裡，他想到自由地在街上行走的米尼，覺得她就好像在天堂裡一樣。他是絕不允許他在地獄，而米尼則在天堂。他供出米尼的同時，還交上一份證據，就是米尼的存摺，這存摺上的數字對米尼從事著一個不被公開的職業，可作一部分證明。

後來，當米尼有機會回顧一切的時候，她總是在想：其實阿康時時處處都給了她暗示，而她終不覺悟。這樣想過之後，她發現自己走過的道路就好比是一條預兆的道路現在才到達了現實的終點。

王安憶主要作品目錄

簡體字版

1.《雨，沙沙沙》（小說集）　百花文藝出版社，一九八一年
2.《黑黑白白》（小說集）　少年兒童出版社，一九八三年
3.《王安憶中短篇小說集》　中國青年出版社，一九八三年
4.《流逝》（小說集）　四川人民出版社，一九八三年
5.《尾聲》（小說集）　四川人民出版社，一九八三年
6.《小鮑莊》（中短篇小說集）　上海文藝出版社，一九八六年
7.《黃河故道人》（長篇小說）　四川文藝出版社，一九八六年
8.《69屆初中生》（長篇小說）　中國青年出版社，一九八六年

9.《母女漫遊美利堅》（遊記） 與茹志鵑合著，上海文藝出版社，一九八六年
10.《蒲公英》（散文集） 上海文藝出版社，一九八八年
11.《海上繁華夢》（小說集） 花城出版社，一九八九年
12.《旅德的故事》（遊記） 江蘇文藝出版社，一九九〇年
13.《流水三十章》（長篇小說） 上海文藝出版社，一九九〇年
14.《神聖祭壇》（小說集） 人民文學出版社，一九九一年
15.《米尼》（長篇小說） 江蘇文藝出版社，一九九二年
16.《故事和講故事》（文學理論集） 浙江文藝出版社，一九九二年
17.《荒山之戀》（小說集） 「跨世紀文叢」，長江文藝出版社，一九九三年十月
18.《烏托邦詩篇》（中篇小說集） 華藝出版社，一九九四年
19.《紀實與虛構》（長篇小說） 人民文學出版社，一九九四年
20.《父系和母系的神話》（作品集） 浙江文藝出版社，一九九四年
21.《乘火車旅行》（散文集） 中國華僑出版社，一九九四年
22.《長恨歌》（長篇小說） 作家出版社，一九九五年
23.《中國當代作家選集叢書・王安憶》（中短篇小說集） 人民文學出版社，一九九五年

24.《傷心太平洋》(小說集) 華藝出版社，一九九五年

王安憶自選集共六種 作家出版社，一九九六年

25.《王安憶自選集之一・海上繁華夢》

26.《王安憶自選集之二・小城之戀》

27.《王安憶自選集之三・香港的情與愛》

28.《王安憶自選集之四・漂泊的語言》

29.《王安憶自選集之五・米尼》

30.《王安憶自選集之六・長恨歌》

31.《人世的沉浮》(中篇小說集) 文匯出版社，一九九六年

32.《王安憶短篇小說集》 明天出版社，一九九七年

33.《心靈世界》(文學理論集) 復旦大學出版社，一九九七年

34.《姊妹們》(小說自選集) 華夏出版社，一九九七年

35.《重建象牙塔》(散文集) 遠東出版社，一九九七年

36.《屋頂上的童話》(小說集) 山東友誼出版社，一九九七年

37.《一個故事的三種講法》(兒童長篇小說) 明天出版社，一九九七年

38.《獨語》（散文集）　湖南文藝出版社，一九九八年
39.《接近世紀初》（散文集）　浙江文藝出版社，一九九八年
40.《塞上五記》（散文集）　吉林攝影出版社，一九九九年
41.《王安憶散文》（散文集）　華夏出版社，一九九九年
42.《王安憶小說選》（英漢對照）　中國文學出版社，一九九九年
43.《隱居的時代》（中短篇小說集）　上海文藝出版社，一九九九年
44.《我愛比爾》（中篇小說）　南海出版公司，二〇〇〇年
45.《妹頭》（中篇小說）　南海出版公司，二〇〇〇年
46.《男人和女人　女人和城市》（散文集）　雲南人民出版社，二〇〇〇年五月，一一一；二〇〇二年六月，一一二
47.《崗上的世紀》（小說集）　雲南人民出版社，二〇〇〇年五月，一一一；二〇〇二年六月，一一二
48.《富萍》（長篇小說）　湖南文藝出版社，二〇〇〇年
49.《剃度》（短篇小說集）　南海出版公司，二〇〇〇年
50.《窗外與窗裡》（散文集）　瀋陽出版社，二〇〇一年一月

51.《69屆初中生》（長篇小說） 北岳文藝出版社，二〇〇一年四月
52.《我讀我看》（散文集） 上海人民出版社，二〇〇一年四月
53.《紀實與虛構》（長篇小說） 人民文學出版社，二〇〇一年六月
54.《窗外與窗裡》（散文集） 廣州出版社，二〇〇一年八月
55.《弟兄們》（中短篇小說集） 中國文聯出版社，二〇〇一年九月
56.《三戀》（中篇小說集） 浙江文藝出版社，二〇〇一年九月
57.《傷心太平洋》（中國小說五十強一九七八～二〇〇〇） 時代文藝出版社，二〇〇一年十月
58.《尋找上海》（散文集） 學林出版社，二〇〇一年十一月
59.《上種紅菱下種藕》（長篇小說） 南海出版公司，二〇〇二年一月
60.《流逝》（中篇小說集）「新經典文庫」，春風文藝出版社，二〇〇二年五月
61.《小鮑莊》（中短篇小說集） 上海文藝出版社，二〇〇二年十月二版
62.《流水三十章》（長篇小說） 上海文藝出版社，二〇〇二年十月二版
63.《隱居的時代》（中短篇小說集） 上海文藝出版社，二〇〇二年十月二版
64.《茜沙窗下》（散文集） 上海文藝出版社，二〇〇二年十月

65.《現代生活》（中短篇小說集） 雲南人民出版社，二〇〇二年

66.《荒山之戀》 「拾穗者」，中國當代中篇小說經典文庫，中國文聯出版社，二〇〇三年

繁體字版

1.《雨，沙沙沙》（小說集） 新地出版社，一九八八年

2.《叔叔的故事》（小說集） 業強出版社，一九九一年

3.《逐鹿中街》（小說集） 麥田出版，一九九二年

4.《香港情與愛》（小說集） 麥田出版，一九九四年

5.《紀實與虛構——上海的故事》（長篇小說） 麥田出版，一九九六年

6.《風月——陳凱歌、王安憶的文學電影劇本》 遠流出版，一九九六年

7.《長恨歌》（長篇小說） 麥田出版，一九九六年

8.《憂傷的年代》（小說集） 麥田出版，一九九八年

9.《處女蛋》（小說集） 麥田出版，一九九八年

10.《隱居的時代》（小說集） 麥田出版，一九九九年

11.《獨語》（散文集） 麥田出版，二〇〇〇年

12.《長恨歌》（長篇小說）　麥田出版，二〇〇〇年二版
13.《妹頭》（中篇小說）　麥田出版，二〇〇一年
14.《富萍》（長篇小說）　麥田出版，二〇〇一年
15.《尋找上海》（散文集）　印刻出版公司，二〇〇二年
16.《上種紅菱下種藕》（長篇小說）　一方出版公司，二〇〇二年
17.《香港情與愛》（小說集）　麥田出版，二〇〇二年二版
18.《紀實與虛構——上海的故事》（長篇小說）　麥田出版，二〇〇二年精裝版
19.《剃度》（小說集）　麥田出版，二〇〇二年
20.《我讀我看》（散文集）　一方出版公司，二〇〇二年
21.《小說家的13堂課》（簡體字版爲《心靈世界》，文學理論集）　印刻出版公司，二〇〇二年
22.《米尼》（長篇小說）　印刻出版公司，二〇〇三年
23.《海上繁華夢》（小說集）　印刻出版公司，二〇〇三年
24.《現代生活》（小說集）　一方出版公司，二〇〇三年

楊照 作品集

1. 為了詩 200元
2. 我的二十一世紀 220元

以下陸續出版

3. 楊照書鋪
4. 政經書簡
5. 大愛
6. 軍旅札記
7. 給女兒的十二封信
8. 迷路的詩
9. Café Monday
10. 黯魂
11. 中國經濟史
12. 中國人物史
13. 中國日常生活

成英姝 作品集

1. 恐怖偶像劇 220元
2. 魔術奇花 240元

世界文學

1.	羅亭	屠格涅夫著	69元
2.	悲慘世界	雨果著	69元
3.	野性的呼喚	傑克・倫敦著	69元
4.	地下室手記	杜斯妥也夫斯基著	69元
5.	少年維特的煩惱	歌德著	69元
6.	黑暗之心	康拉德著	69元

POINT

1.	海洋遊俠——台灣尾的鯨豚	廖鴻基著	240元
2.	追巴黎的女人	蔡淑玲著	200元
3.	52個星期天	黃明堅著	220元
4.	娶太太，還是韓國人為好！?	篠原　令著	200元

王安憶作品集 1

米尼

作　者　王安憶
發行人　張書銘
社　長　初安民

責任編輯　高慧瑩
美術編輯　許秋山　張薰方
校　對　余淑宜　高慧瑩
出　版　INK 印刻出版有限公司
台北縣中和市中正路800號13樓之3
電話：02-22281626
傳眞：02-22281598
e-mail：ink.book@msa.hinet.net
法律顧問　漢全國際法律事務所
林春金律師

總經銷　成陽出版股份有限公司
訂購電話：03-3589000
訂購傳眞：03-3581688
http：//www.sudu.cc
郵政劃撥　19000691　成陽出版股份有限公司
印　刷　海王印刷事業股份有限公司

出版日期　2003年2月　初版
2003年4月　初版二刷
定　價　220元
ISBN 986-7810-32-5

國家圖書館出版品預行編目資料

米尼／王安憶著. --初版，--臺北縣中和市
：INK印刻，2003〔民92〕
面；　公分. --（王安憶作品集；1）

ISBN 986-7810-32-5(平裝)

857.7　　　　　　　　　　92000390